ANIMAL FARM 動物農莊

A FAIRY STORY

by

GEORGE ORWELL

喬治・歐威爾

目錄

第一章

這天晚上，曼諾農莊的瓊斯先生鎖上了雞舍，但他醉得很厲害，結果忘了要關上暗門。他的油燈散發著一圈光芒，隨著他踉踉蹌蹌走過庭院也跟著左擺右晃。他從後門進屋踢掉了靴子，從洗碗槽裡的酒桶又幫自己倒了最後一杯啤酒，接著走上樓去睡覺，床上的瓊斯太太已經在打呼了。

臥房的燈一滅，農莊裡的屋舍便開始一陣騷動，熱鬧了起來。白天裡話已經傳開了，得過獎章的英國中白豬老少校前一晚做了個奇怪的夢，希望能夠跟其他動物說說。所有動物都同意，一等到確定瓊斯先生不會來打擾，他們就要在大穀倉裡聚會。老少校（大家一直都這麼叫他，只是他參加農夫市集展覽時的名牌上是寫威靈頓俊豚）在農莊上擁有很高的聲望，大家都願意犧牲一小時的睡眠時間，好聽聽他要說什麼。

在大穀倉的一端有塊像是高起的平台，老少校安坐在自己的稻草床上，頭頂上的橫梁懸著一盞燈。他已經十二歲了，近來身形也日漸肥壯，但這頭豬看起來依然英姿煥發，雖然他的獠牙一直沒修短過，卻仍是一臉睿智慈祥的樣子。不用多久，其他動物陸陸續續抵達，按自己的方式找到了舒服的位置。最先到的是藍鈴、潔西和夾夾這三隻狗，然後是豬群，他們馬上在平台前方的稻草堆上坐好，雞群一起窩在窗台上，鴿子拍拍翅膀飛上屋椽，綿羊和乳牛則在豬群後面坐下，嘴裡咀嚼著反芻。兩匹拉車的馬叫做拳師和三葉，一起進到穀倉後慢慢行走，謹慎注意著自己毛茸茸的大馬蹄踩到什麼地方，以免稻草堆裡躲著什麼小動物。三葉是一匹步入中年的壯碩母馬，生了第四胎小馬後的身材一直沒有恢復。拳師魁梧高大，將近十八掌高，力氣抵得過兩匹普通的馬，他的鼻子上有一道白紋，看起來有點呆，而他也確實不是一等一的聰明，不過因為性格穩重又非常賣力工作，所以大多數動物都很敬重他。跟在馬後面進來的是白山羊木麗兒和驢子班傑明，班傑明是農場上最老的動物，脾氣也最不好，他很少說話，就算開口了通常也是說些憤世嫉俗的評論，例如他會說上帝賜給他一條尾巴來趕蒼蠅，但他寧可不要尾巴就不必有蒼蠅，還有，農場所有動物中，只有他從來不笑，如果問他為什麼，他就會說沒看到什麼好笑的。儘管如此，雖然沒有公開說什麼，他跟拳師的交情卻很好，一馬一驢經常在星期天一起坐在果園那一頭的小牧場上，肩並著肩嚼草，一句話也不說。

兩匹馬才剛坐定，一窩沒了媽媽的小鴨列隊走進穀倉，呱呱聲聽來無精打采，從這一頭晃到另一頭想找一個不會被踩到的地方。三葉伸出壯碩的前腳圍住小鴨，像一道牆一樣，小鴨窩在裡頭很快就睡著了。看起來傻但美麗的白馬莫莉是幫瓊斯先生拉輕型馬車的，到了最後一刻才嚼著糖塊踩著小碎步娉婷而至，她選了靠近前方的位置，擺動起白色鬃毛，搔首弄姿，希望有人會注意到上頭編著紅色緞帶。貓是最後一個才到的，如往常一樣四處找尋最溫暖的位置，最後決定擠進拳師和三葉之間，後來老少校在談話時，她不斷發出滿足的呼嚕聲，一個字也沒聽進去。

現在所有動物都來了，只剩下馴養的烏鴉摩西，他在後門背面的棲木上睡覺。老少校看見動物們都找到了舒服的位置，正專心等待演講開始，便清了清喉嚨開始說：

「同志們，各位已經聽說我昨晚做了奇怪的夢，但是稍後再來說說這個夢，首先我有幾句話要說。同志們，我想我與各位相伴的日子只剩不到幾個月，在死之前，我認為自己有責任要將我所擁有的智慧傳承給各位。我活了這麼長的歲數，獨自躺在欄舍裡有許多時間可以思考，我想我和所有現在還活著的動物一樣，都領悟到了生命的本質，這就是我希望跟各位談一談的事情。

「好了，同志們，我們生命的本質是什麼？承認吧，我們的一生悲慘、辛勞又短暫。我們出生之後，所得到的食物僅僅足夠維持身體繼續呼吸運作。我們之中有能力者都被迫工作，直到最後一絲力氣被榨乾為止。一旦我們沒了用處就會遭到慘忍屠殺。凡是英格蘭的動物，滿一歲後再也不知幸福或休閒為何物。在英格蘭，沒有一隻動物是自由的，動物的一生盡是悲慘與奴役，這就是明擺的真相。

「難道這僅僅是自然法則嗎？是因為我們生長的這片土地如此貧瘠，讓我們無法過體面的生活嗎？不，同志們，絕對不是！英格蘭的土地肥沃、氣候宜人，能夠提供大量食物，養活比如今居住於此更多上數倍的動物，光我們這座農莊，就可以養活十二匹馬、二十頭牛和幾百隻羊，而且所有動物都能過上超乎我們想像的生活，既舒適又有尊嚴。那為什麼我們還一直忍受著如此悲慘的環境？因為我們勞動生產的成果幾乎都被人類偷走了。同志們，這就是我們所有問題的解答，只用簡單一個字就能總結：人類。人類是我們唯一真正的敵人，只要趕走人類，飢餓與過勞的問題就能完全根除了。

「唯有人類這種生物只會消費而不事生產，不產奶也不下蛋，力氣太小拉不動犁，跑得又不夠快抓不到兔子。但人類卻是所有動物的主人，指使動物工作，給的報酬微薄到僅夠餬口，不讓動物餓死，剩下的都留給自己。我們的勞力耕耘了土地，糞便滋養了土地，但是我們所擁有的卻只不過是這副皮囊。在我面前的乳牛，妳們過去這一年就產了幾千加侖[1]的牛奶？這些原本應該拿來餵養健壯小牛的牛奶，結果怎麼了？每一滴都進了我們敵人的喉嚨裡。還有妳們這群母雞，過去這一年妳們下了多少顆蛋？那些蛋又有多少孵出小雞？其他全都被送到市場，為瓊斯和他的人手賺錢。還有妳，三葉，妳生了四匹小馬，原本應該是妳老年的依靠和歡樂，可

1 編注：一加侖約四點五公升。

是他們現在又在哪裡？每一匹都在一歲大的時候就被賣掉，妳再也看不到他們了，而妳歷經四次分娩再加上田地裡的一切勞動，除了那微薄的糧草和馬廄之外又得到了什麼報酬？

「就連我們這樣悲慘的生命都不允許活到壽終正寢。我對此無法發表意見，畢竟我屬於少數的幸運者。我已經十二歲了，擁有四百多名子嗣，這就是一頭豬自然的生命歷程。但凡是動物，最終都逃不過殘酷的屠刀。坐在我面前這群年輕的小豬們，你們每一頭在一年之內都會在屠宰房裡尖叫到生命的最後一刻。我們都必定會面臨這樣的恐懼，無論是牛、豬、雞、羊，所有動物皆然。就連馬和狗，命運也沒有比較好。拳師，你身上那發達的肌肉氣力盡失的那一天，瓊斯就會把你賣給屠馬夫，他們會割斷你的喉嚨再煮熟餵給獵狐犬。至於狗，等他們年紀大了、牙齒掉光了，瓊斯就會在他們脖子綁上磚頭，丟進最近的池塘裡淹死。

「那麼，同志們，這不就一清二楚了嗎？我們生命中一切的惡都來自於人類的暴政。只要趕走了人類，我們勞力產出的成果就屬於我們自己，我們幾乎可以一夜致富而自由。那麼我們必須做什麼？不就是日夜努力，身心投入，為了推翻人類而已！這就是我要對你們說的話，同志們，反抗吧！我不知道反抗的這一天什麼時候會到來，可能是一個禮拜內又或者是一百年後，但是我知道，就如同我看著腳下這根稻草而明白，正義遲早會伸張。同志們，專心致志，這就是你們短暫餘生的目標！最重要的是，將我的這席話傳給你們的後輩，這樣未來的世世代代都會承擔起這份抗爭的責任，直至勝利來臨為止。

「同志們，要記得，絕對不可動搖自己的決心，別讓任何論點誤導了你的方向，絕對不要聽信什麼人與動物有共同的利益、一榮俱榮這樣的話，這些都是謊言。人不會為了動物的利益著想，只有自己。而我們這些動物應當完全團結同心，在這場抗爭中建立起完美的同志情誼，所有的人都是敵人，所有的動物都是同志。」

此時突然起了一陣轟然騷動，老少校在說話的時候，四隻大老鼠從洞裡偷偷摸摸爬了出來，坐起身子來聽講，狗馬上看見了老鼠，老鼠便一溜煙鑽回洞裡，救了自己的命。老少校抬起前蹄要大家安靜：

「同志們，這正是一個我們必須解決的爭議，野生動物，例如老鼠和兔子，他們是我們的朋友還是敵人？讓我們投票決定吧，我在這次會議提出動議：老鼠是同志嗎？」

投票馬上進行，最後以壓倒性的多數同意老鼠是同志，只有四票不同意，也就是那三隻狗再加一隻貓，後來發現貓兩邊都有舉手。老少校繼續說：

「我還有一點話想說，只是要再重複一次，永遠要記得你們有義務對人類及他的一切作為保持敵意。只要用兩條腿走路的就是敵人，用四隻腳或者有翅膀的就是朋友。同時也要記得，在與人類對抗時，我們絕對不能變成他的樣子，就算你們擊敗了他，也不能學他的惡行。動物絕對不可以住在房屋裡、不可以睡在床上、不可以穿衣服、不可以喝酒、不可以抽菸、不可以碰錢或者進行交易，人類的一切習性都是邪惡的，而且最重要的是，動物絕對不能以暴政統治其他動物，無論是強是弱、聰明或單純，我們都是手足，動物絕對不能殺死其他動物，所有動物皆平等。

「同志們，現在我要告訴你們我昨晚的夢。我無法描述這個夢境是什麼樣子，只能告訴各位，我夢見了當人類消失後的世界會是如何，不過這也讓我想起了一件早已遺忘的事情。許多年前，我還是一頭小豬仔，我母親和其他母豬經常會唱一首老歌，她們只記得旋律和歌詞的第一句，我在襁褓中就學會這首歌，不過老早就沒放在心上了。昨晚這首歌卻在夢中回到我腦海裡，而且還不只如此，歌詞也回來了。這些歌詞，我很確定就是古早時候的動物所唱的歌詞，幾個世代以來已經遭到遺忘。我現在就唱這首歌給你們聽，同志們，我老了，聲音沙啞，但是等我教會你們這首歌的旋律，你們自己可以唱得更好。這首歌叫做〈英格蘭之獸〉。」

老少校清了清喉嚨開始唱歌，他的聲音就像他說的那樣沙啞，不過已經唱得很好了，曲調聽來活潑又勵志，介於兒歌〈克萊蒙汀〉（*Clementine*）[2]和〈蟑螂歌〉

2 編注：美國民謠，節奏緩慢。

（*La Cucaracha*）[3]之間，歌詞是這麼唱的：

英格蘭之獸，英格蘭之獸，
各個地方與氣候的野獸，
聽聽這歡欣的消息，
未來的黃金時代正等候。

這一天遲早要來臨，
我們要推翻暴虐的人類，
英格蘭豐碩的田地，
將只有野獸自由奔飛。

3 編注：墨西哥民謠，節奏輕快。

我們鼻子上不再戴著環，
我們的背上不再披著輓，
嚼口和馬刺將永遠生鏽，
殘酷的鞭子也不能再揮動。

超乎想像的富裕生活，
小麥與大麥、燕麥與乾草、
三葉草、豆子和甜菜飼料，
到了那天都屬於你我。

陽光照耀著英格蘭大地，
流水將會更純淨，

微風吹拂也將更甜蜜，
到了那天你我不再是奴隸。

我們都要為了那天而努力，
即使在那天到來前便死去，
無論牛馬，無論鵝或火雞，
都要為了自由而努力。

英格蘭之獸，英格蘭之獸，
各個地方與氣候的野獸，
仔細聽好了，散播我這消息，
未來的黃金時代正等候。

唱起這首歌讓動物們陷入極度瘋狂的興奮中，老少校根本還沒唱完，幾乎所有動物都開始唱了起來，就連其中最笨的動物也已經學會了曲調和幾句歌詞，至於聰明的動物像是豬和狗，短短幾分鐘就已經記熟了整首歌。然後在最初嘗試過幾次後，整個農莊便整齊無比地放聲唱起〈英格蘭之獸〉，乳牛哞哞、狗兒嗚嗚、綿羊咩咩、馬兒嘶嘶、鴨子呱呱。他們學會了這首歌，感到歡欣無比，於是馬上就一連唱了五次，若不是被人打擾了，可能還會唱上一整晚。

倒楣的是這陣騷動吵醒了瓊斯先生，他跳下床，認定有狐狸闖進農莊，於是抓起一直都放在臥室一角的槍，往黑暗裡扣發了一輪六號子彈，彈丸射入了穀倉的牆裡，會議便匆匆忙忙解散了。大家各自逃回睡覺的窩裡，鳥兒跳上自己的棲木，動物則安頓在稻草堆，整座農莊不一會兒就睡著了。

ALL ANIMALS ARE EQUAL.

所有動物皆平等。

第二章

三天後的晚上，老少校便在睡夢中安詳死去，遺體被埋葬在果園下。

此時是三月初，接下來的三個月裡有許多祕密活動在進行。老少校的一席話讓農莊上比較聰明的動物對生命有了完全不同的展望，他們不知道老少校所預測的反抗何時會發生，也沒理由認為可能會在自己有生之年發生，但他們都很清楚自己有責任要為之準備。教導並組織其他動物的工作自然落到了豬群的身上，一般都認為他們是最聰明的動物。豬群中最傑出的是兩頭年輕的公豬，一隻叫雪球，一隻叫拿破崙，瓊斯先生打算把他們養大了就賣掉。拿破崙是一頭壯碩、長相有點凶狠的盤克夏豬，是農莊裡唯一一頭盤克夏豬，話雖不多但眾人皆知他能呼風喚雨；雪球這頭豬比拿破崙活潑多了，言語機敏也更有創意，但是其他動物並不認為他的性格有拿破崙那麼沉穩。農莊裡所有公豬都是肉豬，其中大家最熟悉的是一頭叫做尖嗓的小胖豬，圓滾滾的臉頰再加上閃閃發亮的眼睛，動作靈活聲音又尖，他的話術很高明，爭辯起某個很難解決的議題時，他總會跳來跳去又搖搖尾巴，不知怎地就是很有說服力，其他動物說起尖嗓，都說他可以把黑說成白。

這三頭豬把老少校的教誨發展成了一套完整的思想體系，還取名為動物主義。一週裡總有幾個晚上，等瓊斯先生睡著了，他們就在穀倉裡祕密集會，跟其他動物闡明動物主義的原則。一開始，他們發現有許多動物相當愚蠢且冷漠，還有一些動物說他們有義務要對瓊斯先生保持忠誠，稱他是「主人」，或者說些膚淺的話，例如：「瓊斯先生餵養我們，如果他不在了，我們就會餓死。」其他動物則會問：「我們何必在乎自己死後才會發生的事？」或者：「如果反抗總有一天會發生，我們努不努力又有什麼差別？」豬群耗費了龐大心力才讓他們了解這跟動物主義的精神完全背道而馳。最愚蠢的問題出自白馬莫莉，她問雪球的第一個問題就是：「反抗之後還會有糖塊吃嗎？」

「不，」雪球堅定地回答，「我們在這農莊上沒有製糖的方法，再說妳也不需要糖，妳想吃多少燕麥和乾草都可以。」

「那麼我還可以在鬃毛上綁緞帶嗎？」莫莉問。

「同志，」雪球說，「妳如此喜愛的那些緞帶是奴役的標章，難道妳不明白，緞帶誠可愛，自由價更高嗎？」

莫莉同意了，但聽起來不是很服氣。

豬群還有更大的難題，就是要澄清烏鴉摩西說的那些謊言，摩西是瓊斯先生格外喜愛的寵物，他不但是間諜也會散播謠言，講起話來同樣雄辯滔滔。他聲稱自己知道有一個叫做甜糖山的神祕國度，所有動物死後都會到那個地方，這個國度坐落在天上某個比雲朵再遠一點點的地方，摩西是這麼說的。在甜糖山，一週七天都是星期天，一年四季都有青綠繁茂的三葉草，灌木叢上還會長出糖塊和亞麻籽餅。動物們都很討厭摩西，因為他總是只會說故事又不工作。但有一些動物卻相信甜糖山的存在，所以豬群必須直言力辯才能說服他們相信根本沒有這種地方。

豬群最為忠誠的門徒是拳師與三葉這兩匹拉馬車的馬，他們幾乎沒辦法靠自己提出什麼想法，接受了豬群是他們的老師之後，便對他們所說的一切照單全收，並且轉化成簡單的論點告訴其他動物。他們沒有錯過穀倉裡任何一次祕密會議，在會議結束時也總會帶頭唱起〈英格蘭之獸〉。

結果反抗的到來比所有動物想的還要早且容易。過去這幾年，瓊斯先生雖然是個嚴苛的主人，但也是名能幹的農夫，不過最近卻陷入了困境，他因為一件官司賠了不少錢，變得相當沮喪，酒也喝更多了，多到超過適量程度。有些日子他會一整天癱坐在廚房裡那張溫莎椅上，看報紙、喝酒，偶爾拿泡過啤酒的麵包屑餵摩西。他的手下無所事事又不老實工作，田裡長滿雜草，屋舍的天花板破洞了也不補，灌木叢無人修剪，而餵給動物的飼料也不足。

到了六月，差不多可以收割乾草。仲夏夜那天正好是星期六，瓊斯先生在威靈頓鎮上的紅獅酒吧喝得酩酊大醉，一直到星期天中午才回家。他的手下一大清早幫乳牛擠完奶，就跑去獵兔子，完全忘記要餵動物們。瓊斯先生回到家，馬上就倒在小客廳的沙發上睡著了，臉上還蓋著《世界新聞》報紙。因此到了晚上，動物們依然沒東西吃。終於，他們再也受不了了，一頭乳牛低下頭用角撞破了儲藏糧食的小穀倉門，所有動物開始自顧自享用起穀倉裡的大餐。就在這個時候，瓊斯先生醒了，下一秒他和四名手下跑到小穀倉，手裡握著鞭子往四面八方招呼過去。飢餓的動物再也按捺不住，雖然他們事先完全沒有計畫，卻全體一同撲向這群折磨他們的人。瓊斯一夥人突然發現自己身上各處都遭到推擠、狠踢，情況看起來超出他們的控制，他們從來沒看過動物這樣子，過去總是任人鞭打、苛待的這群動物突然起身反抗，嚇得這群人腦袋一片空白。沒多久，瓊斯一夥人便放棄了還手的念頭，匆忙逃跑，一分鐘之後，這五人便沿著馬車輪的軌跡拔腿狂奔到大馬路上，動物們則乘勝追擊。

瓊斯太太從臥室窗戶探頭出去，看到發生的一切，急忙將幾件值錢的東西掃進毛氈包裡，從另一個方向溜出農莊。摩西則嘎嘎啼叫著，從棲木上跳了起來，拍拍翅膀跟著她飛出去。於此同時，動物們將瓊斯先生一夥人趕上了大路，一等他們跨出那扇柵門就一把關上。就這樣，在他們還沒察覺到發生了什麼事之前，反抗行動成功達陣。瓊斯被驅趕了出去，曼諾農莊屬於動物們了。

一開始的幾分鐘，動物們幾乎不敢相信自己的好運，他們做的第一件事是一起繞農莊跳躍一圈，好像是要確認沒有人類還藏在裡面。然後他們跑回屋舍，抹除瓊斯邪惡統治的最後一絲痕跡，馬廄一端的輓具間被撞開，無論是嚼口、鼻環、狗鍊，還有瓊斯先生過去用來替豬羊去勢的冷血屠刀，通通被丟進井裡；韁繩、籠頭、馬眼罩，還有戴起來很丟臉的飼料袋等，也都被丟進庭院裡燃燒垃圾的火堆中，當然鞭子也是。所有動物看著火舌吞噬鞭子，都歡欣鼓舞地跳了起來。雪球也將綁在馬鬃和馬尾巴上的緞帶扔進火堆裡，這些通常是上市集的日子才會穿戴的裝飾。

「緞帶，」雪球說，「應該被當成衣物，這是人類的象徵。所有動物都該赤身裸體。」

拳師一聽，便拿了夏天戴來防止蒼蠅飛到耳朵附近的那頂小草帽，跟著其他東西一起進了火堆。

過不了多久，動物們摧毀一切會讓他們想起瓊斯先生的東西，接著拿破崙帶他們回到小穀倉，發給每隻動物雙倍分量的玉米，每隻狗則拿到兩塊餅乾，然後他們把〈英格蘭之獸〉從頭到尾一連唱了七次才各自回窩裡安睡，就像從來沒睡得這麼安穩一樣。

不過，動物們還是天一亮就醒來了，突然想起昨晚打了多麼光榮的一役，他們一起往外衝進田裡，田附近有一處土墩能夠清楚看到大部分的農莊，動物們跑上頂端，在澄淨的晨光下看著身邊的一切。沒錯，農莊是他們的了，一切所見都是他們的！想到這裡就讓動物們無比欣喜，四處跳來跳去，興奮得用力跳向天空。他們身上裹著晨露，大口嚙咬甜美的夏日青草，踢起一塊塊黑土，嗅聞其中豐富的氣味。然後他們繞著整座農莊巡視了一圈，帶著無以言喻的愛慕仔細觀察耕地、乾草田、果園、水池，還有一片灌木林，感覺就像他們從來沒見過眼前這片景象。即使到了此刻，動物們依然不敢相信這一切都是他們的了。

動物們浩浩蕩蕩回到農莊屋舍，靜靜停在門外，這裡也屬於他們了，可是他們卻不敢進去。過了一會兒，雪球和拿破崙用肩膀把門頂開，動物便排成一列魚貫走進去，小心戒慎，深怕打擾了什麼。他們躡手躡腳從這個房間走到下個房間，不敢高聲說話，只是帶著某種崇敬之意凝視這些無法置信的奢華享受，像是鋪著羽絨床墊的大床、鏡子、馬鬃沙發、布魯塞爾地毯，還有小客廳壁爐上的維多利亞女王石版畫。他們才剛要下樓時，發現莫莉不見了，回頭看見她還在主臥室裡逗留。莫莉從瓊斯太太的梳妝桌上拿起一條藍色緞帶，擺在肩膀旁邊，欣賞映照在鏡子裡的身影，看起來非常愚蠢。其他動物狠狠訓了她一頓後，便走出房間。廚房裡掛了幾條火腿，動物全拿出去埋了，而洗碗槽裡的那桶啤酒則被拳師的馬蹄踢破，除此之外，屋子裡的一切都原封不動。當下動物們之間便有了心照不宣的默契，這座農舍應該當成一座博物館保留起來，而且所有動物都不可以住在這裡。

吃過早餐後，雪球和拿破崙又把動物們集結起來。

「同志們，」雪球說，「現在是六點半，這一天的時間還久呢，今天我們要開始收割乾草，但首先必須處理一件事情。」

這兩隻豬現在才表示，過去三個月來，他們用一本老舊的拼字課本學習閱讀寫字，這原本是瓊斯先生小孩的課本，被丟到了垃圾堆裡。拿破崙找同伴拿來黑色和白色的油漆，帶領所有動物走到通往主要道路的那扇柵門邊，然後雪球（因為他最擅長寫字）用前蹄的兩指關節夾起刷子，塗掉大門最上面橫杆上寫著的「曼諾農莊」，然後在原處漆上「動物農莊」，從今以後就是這座農莊的名字。接著他們回到農舍，雪球和拿破崙找來一把梯子，讓同伴架在大穀倉的外牆上。他們解釋說，經過過去三個月來的研究，豬群已經順利將動物主義的原則縮減為七誡，現在要將這七誡寫在牆上，成為不可動搖的法律，動物農莊內的所有動物從今往後都要據此生活。雪球費了一番力氣（畢竟豬要穩穩站在梯子上並不容易）才爬上梯子開始工作，尖嗓則提著油漆桶站在離雪球低幾階的地方。誡條以白色大字寫在塗滿瀝青的牆壁上，就連三十碼[4]外的地方都能看見，七誡如下：

兩隻腳走路者是敵人。

四隻腳走路的或有翅膀者是朋友。

動物不可穿衣服。

動物不可睡在床上。

4 譯注：約二十七公尺。

動物不可飲酒。

動物不可殺害其他動物。

動物皆平等。

字跡非常工整，只是「朋友」寫起來更像「明友」，而且「的」左右寫反，除此之外看起來字都寫對了。雪球為了其他動物，大聲唸了出來，所有動物都點頭表示完全同意，最聰明的動物們馬上就將誡條熟記在心裡。

「同志們！」雪球把油漆刷丟下後大叫，「現在到乾草田去吧！我們要證明自己的榮耀，要收割得比瓊斯和他的手下還要快。」

但是這個時候，三頭乳牛似乎已經不安好一陣子了，發出響亮的哞聲，她們已經二十四小時沒擠過奶，現在乳房幾乎要爆炸了。豬群想了想便讓同伴找來桶子，相當順利為乳牛擠出奶，他們的豬蹄很適合這項工作。很快就擠滿了五桶冒著泡沫的濃醇牛奶，許多動物都饒富興味地看著。

「這些牛奶要怎麼處理？」某個動物問。

「瓊斯以前有時候會在我們的飼料糊裡摻一些。」一隻母雞說。

「別管牛奶了，同志們！」拿破崙站到牛奶桶前喊著，「之後再來處理，收割比較重要。雪球同志會帶頭，我幾分鐘後就到。前進吧，同志們！乾草正等著我們呢。」

於是動物們列隊前往乾草田開始收割，等到他們晚上回來，發現牛奶已經不見了。

WHATEVER GOES UPON TWO LEGS IS AN ENEMY.

兩隻腳走路者是敵人。

第三章

動物們是如何辛苦、如何揮汗才終於收穫了這些乾草呀！但努力是有回報的，收割的成果比他們原先預期的還更豐碩。

有時候工作很難進行，畢竟那些工具都是為了人類而非動物設計的。最大的缺點是動物沒辦法使用那些必須兩隻後腳站立才能運作的工具，不過豬群很聰明，面對每個困難總能想到應變的方法。至於馬匹，因為他們熟悉每一吋田地，事實上還比瓊斯和他的手下都更了解收割耙地是怎麼一回事。豬群其實不用工作，負責指揮監督其他動物，畢竟他們見識超群，自然就擔起領導的責任。拳師和三葉會自己套上馬具，拉著收割機或犁耙（當然這些時候就不必用嚼口或轡繩了），他們踩著穩定的步伐在田地裡來來回回，後面則跟著一頭豬，視情況喊著：「同志，前進！」或者「同志，慢點！」。每隻動物不分力氣大小都努力收集乾草，就連雞和鴨也一整天在大太陽底下忙進忙出，用嘴喙銜著細長的幾根乾草。最後他們只花了兩天就完成收割，比平常瓊斯和他的手下花的時間還要短，而且農莊裡從來沒有如此豐盛的收穫，雞鴨們憑著銳利的眼神收集乾草，一根也不浪費。此外，農莊裡的動物也沒有偷取收穫，一口都沒有。

整個夏天，農莊裡的工作就像時鐘一樣順利進行，動物們從來沒有想過自己可以這麼開心，每一口食物都是強烈的喜悅，如今這些都是真正屬於他們的食物，由他們自給自足，不需讓吝嗇的主人撥分給他們。現在那群一無是處的寄生蟲人類已經消失，每隻動物能吃到更多的食物。休閒時間也增加了，只是動物們還沒什麼經驗。他們遇到許多困難，例如那一年後來要收成玉米的時候，他們得用古早的方式採收，吹氣把穀糠吹掉，因為農莊裡沒有脫粒機。不過多虧豬群的聰明才智和拳師發達的肌肉，總是能夠度過難關。所有動物都很仰慕拳師，從瓊斯先生還在的時候他就很努力工作，不過現在更是一匹馬抵三匹用，有些時候感覺農莊裡所有工作幾乎都壓在他壯碩的肩膀上，從早到晚他不是推壓就是拖拉，總是出現在工作最辛苦的地方。他跟一隻公雞約定好了，每天早上要比其他人早半個小時叫他起床，在一天的工作開始前，便自動自發在最需要的地方出力。無論出了什麼問題或遭遇挫折，他的回應總是：「我會更努力工作！」他也將這句話當成自己的座右銘。

但是大家都是有幾分力就做幾分事，例如雞和鴨在收成時幫忙撿起掉落的穀粒，收集了五蒲式耳[5]的玉米。沒有人偷取，也沒有人抱怨自己分配到的分量，過去日子裡常見的爭吵、嚙咬和嫉妒幾乎不復見，沒有動物逃避自己的責任，或者說，「幾乎」沒有。確實，莫莉本來就不太能早起，又總是想辦法早一點放下工作，說什麼她馬蹄裡卡了石頭。另外，貓的行為也有些怪異，

5　編注：約一百八十公升。

很快就有動物發現，只要是該工作的時候，總是找不到貓的蹤影，她總會一連失蹤好幾個鐘頭，到了吃飯時間或者等傍晚工作結束後才又出現，好像什麼事都沒發生一樣。不過她總是有絕佳的理由，又會發出可愛的呼嚕聲撒嬌，讓動物們不得不相信她的好意。驢子老班傑明在反抗之後似乎沒什麼改變，他還是像瓊斯先生在的時候一樣，工作起來緩慢且頑固，從來不卸責也不會自願多做工作。關於反抗日和其結果，他不表達意見，要是被問說如今瓊斯先生走了他是不是更開心，他只會說：「驢子能活很久，你們誰也沒見過死掉的驢子。」其他動物也只能接受這個像是話中有話的答案。

星期天不用工作，早餐比平常晚了一個小時，吃完早餐後有個每個禮拜都必須進行的儀式。首先是升旗，雪球在輓具間找到一條瓊斯太太的綠色舊桌巾，在上面用白色油漆畫了蹄和角，每個星期天早上要將這面旗升上農莊花園裡的旗桿。雪球解釋說，這面旗是綠色的，用來代表英格蘭的綠色大地，蹄和角則象徵未來推翻人類後崛起的動物共和國。升完旗，所有動物列隊進入穀倉集合，稱為會議，動物們在會議中計畫未來一週的工作，提出解決工作的方法並進行辯論。提出方法的總是豬群，其他動物知道如何投票，但是從來無法靠自己提出什麼解決方案。到目前為止，雪球和拿破崙最積極參與辯論，不過其他動物也注意到這兩頭豬從來沒有意見一致的時候，不管誰提出什麼建議，另一方一定會反對。

大家決定要在果園後方留下一小塊地，讓那些已經過了工作年齡的動物可以安享晚年，就連這種沒什麼好反對的事情，兩頭豬還是可以針對每種動物適當的退休年齡進行激烈辯論。會議總是以〈英格蘭之獸〉的歌聲結束，下午則是休閒時間。

豬群留下了輓具間作為總部，到了晚上，他們在這裡從書中學習打鐵、木工和其他必要的技藝，這些書是從農舍拿來的。雪球也忙著組織其他動物，成立動物委員會，並且對此十分熱衷。他為雞群組織產蛋委員會，為乳牛創辦清潔尾巴聯盟，還成立野生同志再教育委員會（目標是馴服老鼠及野兔），另外也幫綿羊規劃淨白羊毛運動，還有其他更多不同的組織，除此之外也開課指導動物們學習閱讀寫字。但是整體而言，這些計畫都失敗了，例如想要馴服野生動物的行動幾乎馬上遭遇挫敗，這些動物依然按照以往的方式行動，若是對他們好一點，只會趁機占便宜。貓也加入了再教育委員會，積極參與了幾天，某天有動物看見她坐在屋頂上，跟一群她伸爪抓不到的麻雀說，現在所有動物都是同志，只要願意，都可以過來窩在她的貓爪上休息，不過麻雀依然保持距離。

但是閱讀和寫字課程倒是非常成功，入秋時，農莊裡幾乎所有動物都識得一些字。

豬群的閱讀與寫字能力原本就很厲害，狗也學得相當熟練，只是他們除了讀七誡，對於其他內容都沒什麼興趣。山羊木麗兒的閱讀程度似乎比狗還高一些，有時候在傍晚也會從垃圾堆裡找來報紙的殘片，唸點東西給其他動物聽。班傑明的閱讀能力就和豬群一樣好，但他從來不展現自己的能力，他說就他所知，根本沒什麼值得閱讀的東西。三葉學會了所有字母，但是沒辦法拼出字詞。拳師只學到字母D，他會用巨大的馬蹄在沙地上寫出A、B、C、D，然後站在原地豎起耳朵，認真盯著那些字母看，有時會甩甩前額的鬃毛，想要盡一切努力記起來後面的字母是什麼，卻沒一次成功過，確實有幾次他學會了E、F、G、H，但是等到他記住這四個字母，又總是發現忘記了A、B、C、D，最後他決定只要學會前四個字母就很滿足了，每天總會寫個一、兩次加強記憶。莫莉什麼都不想學，只想知道能拼出她名字的M、O、L、I、E怎麼寫，她會用樹枝把這幾個字母排得整齊又漂亮，然後用一、兩朵花裝飾在旁邊，繞著字母走來走去，欣賞自己的傑作。

農莊裡的其他動物最多就只能學到字母A，而且他們還發現像是綿羊、雞和鴨這些比較笨的動物沒辦法熟記七誡。雪球經過好一番深思熟慮後，宣布七誡事實上可以縮減成一條基本準則如下：「四隻腳就是好，兩隻腳就是壞。」他說這包含了動物主義的重要原則，只要徹底理解，就不會再受到人類影響。鳥兒一開始提出反對，畢竟他們似乎是屬於兩隻腳這一類的，不過雪球向他們證明並非如此。

「同志們，鳥有翅膀，」他說，「是用來前進而非操作的器官，因此應該將翅膀視為腳。人類的明顯特色是手，他們使用這個工具造成所有危害。」

鳥群聽不懂雪球的長篇大論，不過接受了他的解釋。於是，所有比較蠢笨的動物都努力想將新準則熟背下來。四隻腳就是好，兩隻腳就是壞。這句話被寫在穀倉牆上，就在七誡上面，而且字寫得更大。等到所有動物都把這句話背熟了，綿羊就變得超級喜歡這條準則，他們躺在草地上時常常突然齊聲叫喊著：「四隻腳就是好，兩隻腳就是壞！四隻腳就是好，兩隻腳就是壞！」一連叫上好幾個鐘頭，怎麼也不嫌煩。

拿破崙對雪球的委員會一點興趣也沒有，他說教育年輕一代比起為那些已經長大的動物所做的一切都更重要。正好在乾草收割過後，潔西和藍鈴都生下了小狗，兩隻母狗一共生了九隻健壯的小狗，等小狗一斷奶，拿破崙就把他們從媽媽身邊帶走了，說他會負起教育他們的責任。他把小狗帶到輓具間頂上的小閣樓，要爬梯子才能上去。他將這些小狗完全隔離起來，農莊裡其他動物很快就忘了這群小狗的存在。

牛奶的下落之謎很快就解開了，原來每天都混進豬群的飼料中。青澀的蘋果已經漸漸成熟，被風吹落在果園草地上。動物們都理所當然地認定這些落果會平均分給所有動物，可是某一天卻傳出一項命令，說所有落果都要收集起來帶到輓具間供豬群食用，有些動物對此頗有微詞，但是一點用也沒有。所有豬隻都完全同意這項命令，就連雪球和拿破崙也不吵了，他們派尖嗓去跟其他動物做必要的解釋。

「同志們！」他喊著，「我希望各位不會認為我們豬群這麼做是因為自私及特權吧？我們有很多豬其實根本不喜歡牛奶和蘋果，我自己就不喜歡。我們吃這些東西唯一的目標就是維護自己的健康，牛奶和蘋果含有對豬隻健康絕對必要的物質（同志們，這可是有科學實證的），我們豬群是用腦在工作，這座農莊的經營和組織全部都要靠我們，日日夜夜看護著各位的福祉，所以我們喝牛奶和吃蘋果都是為了你們好。你們知道如果我們豬群無法履行職責的話會發生什麼事嗎？瓊斯就會回來！

沒錯，瓊斯會回來！當然啦，同志們，」尖嗓幾乎是懇求般叫喊著，從這一頭跳到另一頭，搖晃著尾巴，「在各位之中當然沒有動物想要看到瓊斯回來吧？」

這下好了，如果有哪件事情是這些動物完全肯定的，那就是不希望瓊斯回來。讓他們想到了這一點，便再也無話可說，保持豬群良好的健康狀況明顯是件重要的事，所以大家不再爭論，一致同意將牛奶和掉落的蘋果（還有蘋果成熟後的收成）都留給豬群獨享。

FOUR LEGS GOOD,

TWO LEGS BAD.

四隻腳就是好，兩隻腳就是壞。

第四章

到了夏末，動物農莊上發生的事情已經傳遍半邊國家，雪球和拿破崙每天派出鴿子跟附近農莊的動物們往來，告訴他們反抗的故事，並教他們唱〈英格蘭之獸〉這首歌。

這段時間，瓊斯先生大多坐在威靈頓紅獅酒吧的吧檯前，只要有人問起，他就會開始抱怨遭受多麼不公不義的對待，居然被一群一無是處的動物趕出自己的農莊。其他農莊主人基本上都很同情瓊斯，但一開始並沒有給他太多幫助，只在心裡暗自盤算有沒有什麼方法可以從瓊斯的不幸中撈點好處。幸好，鄰近動物農莊的兩間農莊主人長年不睦。其中一座叫福森農莊，這是一片廣闊但疏於照料的傳統農莊，林地過度生長，田地失去生氣，灌木叢也雜亂無比。這片農莊的主人皮金頓先生是一位好相處的斯文農夫，大多數的時間依季節的不同去釣魚或打獵。另一座則是品園農莊，占地較小但照顧得比較好，主人弗德烈克先生性格強悍精明，總是跟人有官司糾紛，而且最為人知的就是喜歡討價還價。這兩人實在太討厭對方，就算要他們達成共同利益也很困難。

但是他們兩人都被動物農莊上的反抗完全嚇壞了，焦急得不得了，想要阻止自家動物對這件事情知道太多。一開始他們裝出一笑置之的樣子，壓根不相信動物有辦法自己管理農莊，他們認為這整件事不出兩個禮拜就會結束了，四處散播謠言說曼諾農莊上的動物（他們堅持稱呼這個地方是曼諾農莊，受不了「動物農莊」這個名字）老是鬧內鬨，很快就會餓死。隨著時間過去，動物們顯然沒有餓死。於是，弗德烈克和皮金頓改變說法，據說開始講起如今在動物農莊上盛行多麼可怕的行為，據說裡面的動物們會吃掉同類、拿燒紅的馬蹄鐵互相折磨，還共享母獸，根本是違反自然法則後造成的結果。

但是這些故事一直無法完全說服他們的聽眾，謠言傳開的內容反而是，有一座美好的農莊，人類已經被趕走，由動物自己管理一切。如此謠言持續模糊地流傳，使得一整年下來，反抗的風氣傳遍了鄉間各地。一向聽話的公牛突然變得獸性大發，綿羊推倒圍籬大啖三葉草，乳牛踢翻牛奶桶，駿馬不願意跳過低欄，反而將身上的騎師甩到另一邊。最重要的是，〈英格蘭之獸〉的曲調甚至歌詞在各地傳唱開來，傳播的速度快到不可思議，人類一聽到這首歌便怒不可遏，但表面上還假裝只是覺得這首歌很可笑，不明白動物怎麼能唱出這麼差勁的垃圾歌曲？只要有動物被發現在唱這首歌，當場就得挨一頓鞭子，但是這首歌的風潮實在擋也擋不住。烏鶇窩在樹籬裡哼唱，鴿子飛上榆樹高啼，歌聲混入了鐵匠舖裡的敲敲打打，也與教堂鐘聲交織和聲，人類聽到這首歌便暗暗發抖，彷彿聽見了末日預言。

十月初的時候，玉米已經收割，其中有些也打好了穀，一群鴿子在空中盤旋後降落在動物農莊的庭院裡，興奮到不能自抑。瓊斯帶上了他所有人手，還有幾個從福森及品園農莊過來的幫手，他們從柵欄闖了進來，沿著馬車軌跡一路走到農田裡，每個人手上都拿著棍子，只有瓊斯沒有，他手裡拿著槍昂首闊步走在前頭。顯然他們打算要奪回農莊。

動物們老早就知道會有這一天，也做好一切準備。雪球在農舍裡找到一本描述凱薩大帝戰役的舊書後便埋首研究，由他負責指揮防衛作戰。他很快下達命令，沒過幾分鐘，每一隻動物都各就各位。

人類一步步接近房舍的時候，雪球發起第一波攻擊，所有鴿子算一算有三十五隻，在那群人頭頂來來回回飛翔，鳥糞從空中往他們身上砸；正當這群人忙著應付鳥糞時，躲在矮樹籬後面的鵝群衝了出來，惡狠狠地啄咬他們的小腿。但這還只是一場輕鬆的小型衝突演習，目的是要製造一點小混亂，那群人三兩下就用棍子把鵝趕跑了。雪球現在祭出他的第二波攻擊，木麗兒、班傑明和所有綿羊往前衝出來，隊伍最前面帶頭的正是雪球，他們從四面八方對著那群人又推又擠，班傑明還轉過身去用他的小驢蹄朝他們一陣狂踢，但結果還是一樣，人類手裡拿著棍子、腳上穿著釘鞋，他們的力量遠勝動物，這時雪球突然尖叫一聲，這是撤退的信號，所有動物便轉身逃離大門入口，逃進農莊庭院裡。

那群人發出一陣勝利的吶喊，他們看見敵人逃之夭夭，便急忙追趕上去。這正是雪球打的如意算盤，當那群人一跑進庭院中央，原本一直埋伏在牛舍裡的三匹馬、三頭乳牛以及其他豬隻突然衝到人類後方，切斷他們的退路。此時雪球發出進攻的信號，自己一馬當先衝向瓊斯，瓊斯一看到他過來就舉起槍開火，子彈在雪球背上燒灼出一條血痕，接著一頭綿羊倒地死亡。雪球一刻也不耽擱，馬上用自己近百公斤的身體當武器撞向瓊斯的雙腳，瓊斯被撞倒在一堆糞便上，槍也從手上滑走。不過最可怕的景象要屬拳師，他像戰馬一樣昂起前腿，用裝了馬蹄鐵的強壯馬蹄攻擊，他的第一擊就打中了福森農莊一個馬伕的頭顱，馬伕當下癱倒在泥地上一動也不動。看到這景象，幾個人丟下棍子想要逃跑，他們一下子就陷入恐慌，接下來所有動物一起滿庭院追著他們跑來跑去，朝著他們又頂、又踢、又咬、又踏，農莊裡所有動物都用自己的方式對人類報仇，就連貓也突然從屋頂上跳到牧牛人的肩膀，伸出利爪往他脖子上抓下去，牧牛人發出可怕的慘叫。好不容易等到出現一道破口，人類衝出庭院往大路拔腿狂奔。最終，他們這次進攻還不到五分鐘便灰頭土臉地撤退了，就跟進來的時候一樣，後面還跟著一群鵝一路嗥叫且猛啄他們的小腿。

所有人都走了，只剩下一人。回到庭院中，拳師用馬蹄輕輕抓著那個臉朝下躺在泥地裡的馬伕，想要把他翻過來。那男孩一動也不動。

「他死了。」拳師滿是悲傷，「我不是故意這麼做的，我忘記自己穿著馬蹄鐵，誰會相信我不是故意這麼做的呢？」

「別傷心，同志！」雪球叫喊著，他的傷口還滴著血，「戰爭就是戰爭，只有死掉的人類才是好人類。」

「我並不想殺生，就算是人命也不想。」拳師繼續說著，眼裡充滿淚水。

「莫莉呢？」某隻動物發問。

莫莉確實不見了，大夥兒心中警鈴大作了好一會兒，擔心那些人可能用什麼方法傷害了她，甚至將她擄走。不過，大家最後發現她躲在自己的馬廄，頭埋在馬槽的乾草裡，槍聲一響她就馬上逃跑了。其他動物找到她之後又回到庭院，發現那個馬伕已經跑走了，原來他只是嚇暈。

動物們現在又重新集結起來，興奮得不得了，各自扯開嗓子講述自己在這一役中的豐功偉業。他們馬上自動自發慶祝起這場勝利，升起旗幟，唱了好幾次〈英格蘭之獸〉，然後他們為陣亡的綿羊舉行了肅穆的喪禮，在她的墳上種了一棵山楂樹叢，雪球在墳墓旁邊發表了簡短的演說，強調所有動物都要準備好在必要的時候為動物農莊犧牲。

動物們一致決定要打造出軍事勳章，他們當下就授予雪球和拳師「一級動物英雄」勳章，勳章是一面銅獎章（其實是從輓具間裡找到的一些老舊黃銅馬飾），可以在星期天和假日時佩戴。另外還有「二級動物英雄」勳章，追封授予死去的綿羊。

至於這場戰役應該叫什麼名字，大家的意見各不相同，最後決定要稱之為牛舍之戰，因為埋伏就是從這裡衝出來的。他們發現瓊斯先生的槍還落在泥地裡，也知道農舍裡還有彈藥庫存，於是決定把槍架在旗杆底部，就像一座大砲一樣，每年擊發兩次，一次是十月十二日，也就是牛舍之戰的週年紀念，另一次則是紀念反抗日的仲夏日。

第五章

冬天的腳步漸漸近了，莫莉這個麻煩也越來越棘手。她每天早上的工作都遲到，老是抱歉說自己睡過頭，抱怨身體沒來由地疼痛，但胃口倒是很好。莫莉總是找各種藉口逃避工作，說要去水槽喝水，然後就會傻站在那痴痴望著自己水中的倒影。不過也有一些比較嚴重的謠言。一天莫莉正滿心愉悅漫步走進庭院裡，一邊擺著她的長尾巴，一邊咬著乾草，三葉將她帶到一旁。

「莫莉，」她說，「我有一件非常嚴重的事情要跟妳說。今天早上我看到妳從動物農莊和福森農莊之間那片樹籬探頭望出去，樹籬另一邊站著的就是幫皮金頓先生工作的人，雖然我站得很遠，但是很肯定清楚看到他在跟妳說話，妳還讓他摸了妳的鼻子。莫莉，這是怎麼回事？」

「他沒有！我沒有！才沒有這回事！」莫莉大叫起來，開始繞圈跳躍，還伸出蹄抓著地面。

「莫莉！看著我的眼睛，妳願不願意向我發誓，那個男人沒有摸妳的鼻子？」

「才不是這樣！」莫莉又說了一次，卻無法看著三葉的眼睛，下一秒她就抬腳跳起來，往田的方向去了。

三葉似乎想到了什麼，她沒有跟其他動物說明便到莫莉的馬廄去，用馬蹄翻動那裡的乾草，結果發現乾草底下藏著一小塊方糖還有幾條不同顏色的緞帶。

三天後，莫莉不見了，有好幾個禮拜的時間都不知道她的下落。之後鴿子來回報，說他們在威靈頓另一頭看見她，站在一輛漆成紅黑相間的漂亮輕型馬車車把之間，馬車就停在一間小酒館外，一個滿臉通紅的胖男人穿著格紋馬褲和橡膠長靴，看起來像是酒館老闆，他摸著莫莉的鼻子並餵她吃糖。莫莉背上的鬃毛才剛修剪過，前額的毛髮上也繫著一條鮮紅色緞帶。她似乎如魚得水，鴿子是這麼說的。所有動物從此絕口不提莫莉的事。

到了一月，天氣變得酷寒難捱，土地凍得像鐵一樣，田地裡什麼也不能做。動物們在大穀倉裡舉行了許多次會議，豬群忙著計畫下一季的工作。動物們漸漸達成共識，既然豬群顯然比其他動物聰明許多，就應該由他們來解決一切農莊事務，不過他們的決策要通過多數表決才能批准。這樣的安排本來可以運作良好，只是雪球和拿破崙之間總是爭吵不休，一看到有可能意見不同的論點，這兩隻豬就會互相駁斥，如果其中一隻建議收割大麥的面積應該更大一點，另外一隻就一定會要求燕麥的收割面積要大一點；如果其中一隻說某塊田地適合種甘藍菜，另一隻就非得主張除了種塊根便一無是處。兩隻豬各有自己的擁護者，也發生過幾次激烈的辯論，在會議上雪球經常能夠以精彩的演講贏得多數贊同，但拿破崙更擅長見縫插針，為自己招攬支持者。綿羊尤其吃他這一套，最近綿羊經常會咩咩叫著「四隻腳就是好，兩隻腳就是壞」，無論時機是否恰當，還常常用這句口號打斷會議，動物們都注意到，他們尤其習慣在雪球演講的關鍵時刻插入「四隻腳就是好，兩隻腳就是壞」。雪球在農舍裡找到幾本過期的《農夫與畜牧》雜誌，好好研究了一番，腦中滿滿都是革新與改善計畫，他胸有成竹地談論田地排水管、青貯飼料以及鹼性熔渣等等，還規劃出一套複雜的方案，要所有動物每天在田裡不同地點排放糞便，以節省運送勞力。拿破崙完全沒有提出自己的方案，只是靜靜地說雪球什麼也做不成，而且他似乎在靜候時機。不過兩人的爭端當中，關於風車的辯論是最激烈的。

離房舍不遠的長型牧場那邊有一塊小土丘，是農莊上最高的地方，雪球調查過那塊地之後，宣布這裡最適合蓋風車，可以用來運作發電機，為農莊提供電力，這樣能照亮馬廄，在冬天也能給予溫暖，還可以發動圓鋸、鍘草機、菜根切片機以及電動擠奶機。動物們從來沒有聽過這些東西（因為這座農莊相當傳統，只有一些最原始的機具），他們只能詫異地聽著雪球描繪出各種神奇的機器，可以為他們分擔工作，這樣動物就能輕鬆地在草地上吃草，或者透過閱讀和對話變得更聰明。

雪球的風車計畫在幾個禮拜內就完全成形，機械細節大部分取自瓊斯先生的三本書——《一千種實用的住宅改造》、《人人都能自己蓋房屋》及《電學入門》。雪球將以前用來作為孵蛋間的小倉庫當成書房，倉庫的木頭地板很平整，適合在上頭畫畫，他總是把自己關在那裡，一次就待上好幾個小時，拿石頭壓著攤開的書本，在豬蹄的關節間抓著一支粉筆，來來回回快速移動，畫下一條又一條線，還會興奮得發出細微的嘆叫聲。慢慢地，他的方案發展成了一大套由曲柄和齒輪組成的複雜設計圖，覆蓋一大半地板。其他動物看了設計圖，雖然完全不明白卻非常佩服，他們每天至少會過來看一次雪球的圖，就連雞和鴨也來了，還小心翼翼地不敢踏到粉筆痕跡。只有拿破崙完全不感興趣，他從一開始就對風車表示反對，不過某一天他卻意外到這裡來檢視設計圖，在小倉庫裡踩著沉重的腳步走來走去，仔細看著設計圖上每一處細節，還聞了一兩次，然後他站了好一會兒，斜眼看著圖樣，突然間，他抬起腳在設計圖上撒了一泡尿，什麼也沒說就走了。

在風車這個議題上，整座農莊變得涇渭分明。雪球不諱言指出，要建造風車是艱難的工作，要採集石頭再蓋成高牆，還要造出風車葉片，然後也需要直流電發電機與纜線。（雪球並沒有說要怎麼獲取這些東西）不過雪球還是認為這一切都可以在一年內完成，並且宣示在風車落成之後就能省下許多勞力，動物們一週就只需要工作三天。但是拿破崙卻認為應該將大部分時間用來增加食物產量，如果把時間浪費在風車上，他們都會餓死。動物們分成兩派，各有各的口號：「選擇雪球，工作三天。」或者「選擇拿破崙，飼料堆成山。」只有班傑明沒有選邊站，他既不相信食物會變多，也不相信風車能節省勞力，他說不管有沒有風車，日子還是會像以前一樣過下去，都一樣苦。

除了風車引發的爭端以外，還有保衛農莊的問題，所有動物都很清楚，雖然他們在牛舍之戰打敗了人類，但人類可能還會再試一次，這次的行動將會更果決，必然想要奪回農莊並讓瓊斯先生回來掌權，況且人類還有更多理由必須這麼做，因為他們被打敗的消息已經傳遍了鄉間，讓鄰近農莊上的動物變得更難管束。一如往常，雪球和拿破崙的意見不合，依拿破崙所見，動物們必須要做的就是獲取槍械武器並學會如何使用；而依雪球所見，他們必須派出更多、更多鴿子，鼓動其他農莊的動物也起身反抗。一個認為如果他們無法保護自己，就一定會被征服，另一個則認為如果反抗遍地開花，他們就毋須保護自己。動物們先是聽拿破崙說，又聽雪球的，無法決定誰說的才對，只知道自己都會認同當下在講話的那頭豬的意見。

終於，雪球的設計圖完成的那一天到了，接下來那個週日的會議上，究竟要不要開始進行風車計畫這個問題就要付諸表決。動物們聚集在大穀倉的時候，雪球站了起來，雖然偶爾會被綿羊的咩咩叫打斷，但他還是直陳主張，希望動物們支持建造風車。然後拿破崙站起來回應，他很低聲地說風車計畫是一派胡言，建議所有動物都不要投票贊成，接著馬上坐下。他只說了短短三十秒的話，似乎也根本不在乎自己的話會有什麼效果。聽到這裡，雪球很快站起來，綿羊這時又開始咩咩叫了，他大喊著叫綿羊閉嘴，又慷慨激昂地陳述，希望大家支持風車。到目前為止，兩方的訴求各有相當數量的動物支持，不過雪球的雄辯滔滔很快就說服了他們，他用華麗的詞藻描述出一幅動物農莊的美景，動物可以卸下自己所背負的悲慘勞力，他的遠景如今已經不僅僅是鍘草機和菜根切片機了，他說電力可以驅動脫粒機，可以幫忙犁地、耙地、整地、收割和捆草，還能讓每間屋舍都有自己的電燈，提供冷熱水以及電暖器。等到他一講完，投票的結果已經無庸置疑，不過就在此刻，拿破崙站了起來，詭異地斜睨著雪球發出一種高頻的嗚叫聲，其他動物從未聽過他發出這種聲音。

此時外頭傳來一陣可怕的咆哮聲，九頭龐然大狗一躍跳進了穀倉，脖子上的項圈還鑲著黃銅螺釘，他們直接衝向雪球，雪球及時跳開才躲過了他們猛然接近的爪子，他一下奪門而出，狗群也追了上去。所有動物都睜大了眼睛，嚇到說不出話來，擠在門口看著這場追逐。雪球疾奔過通往道路的長長田地，以一頭豬能耐所及盡可能快速奔跑，但狗群還是緊追在後。突然他的腳滑了一跤，看上去狗群肯定能抓住他了，但他又站起來跑得比先前還要快，接著狗群又繼續追近，其中一頭狗張口一咬便咬住了雪球的尾巴，但他及時扭身脫逃，又奮力推進了幾下，就在僅差幾吋距離的時候鑽進了樹籬裡一個樹洞，就此不見蹤影。

動物們陷入一片沉默與驚恐，躡手躡腳走回穀倉。過了一會兒，狗群跑了回來，一開始大家都不明白這群傢伙到底打哪兒來的，不過謎底很快就揭曉了：他們是拿破崙從狗媽媽身邊帶走並偷偷養大的小狗。雖然這些狗還沒完全長成，但體型已經很大了，凶狠得就像狼一般，他們緊跟著拿破崙，朝他猛搖尾巴，有些動物注意到這情景就像其他狗過去也向瓊斯先生搖尾巴一樣。

拿破崙走動時，那群狗就跟在後面，他現在走上那塊隆起的地面，先前老少校也站在那裡發表演說。他宣布從今往後星期天早上的會議就此結束，說這些會議沒有必要，只是浪費時間，未來所有跟農莊內工作相關的問題都會由豬群組成的特別委員會決定，並且由他本人主持，這個委員會會私下開會，之後再將他們的決定告知其他動物。動物們在星期天早上還是要集合向旗幟致敬、唱〈英格蘭之獸〉，並接受他們該週的工作指令，不過以後就不會有意見辯論了。

儘管動物們因為雪球遭到驅逐大受驚嚇，不過這項宣布還是讓他們很失望，其中有幾個想要出言抗議，卻不知道該怎麼提出適當的論點。就連拳師似乎都有些苦惱，他的耳朵往後豎，甩了好幾次前額的鬃毛，努力想要將自己的思緒整理清楚，但到頭來也想不到可以說什麼。不過豬群中倒是有些不同意見，他們比較能言善道，有四隻坐在前排的年輕豬仔發出幾聲尖叫表示不滿，站了起來開始七嘴八舌講話，但是坐在拿破崙身邊的狗突然發出低沉、充滿恫嚇意味的吼聲，四隻豬隨即沉默坐了回去。然後綿羊爆出熱烈的反應，高聲咩咩喊著：「四隻腳就是好，兩隻腳就是壞！」就這樣喊了將近十五分鐘，不管想進行什麼討論都不可能了。

之後，尖嗓奉命到農莊各處向其他動物解釋新的安排。

「同志們，」他說，「我相信這裡每隻動物都很感激拿破崙同志所做的犧牲，多謝他願意承擔起額外的勞力。同志們，千萬不要以為領導是什麼享受！正好相反，這是一份沉重無比的責任。所有動物皆平等，沒有動物比拿破崙同志對此更加堅信不疑，若是能讓各位自己做決定，他是再樂意不過的了，但是同志們，有時你們可能會做錯誤的決定，那麼會讓我們落入什麼下場呢？假設各位決定了要追隨雪球，支持他那套華而不實的風車計畫，但那可是雪球啊，如今我們都知道了，他不過就是個罪犯！」

「他在牛舍之戰的表現非常英勇。」某隻動物說。

「英勇還不夠，」尖嗓說，「忠誠和順服更重要。至於牛舍之戰，我想總有一天我們會發現雪球在其中的角色其實過於誇張了。紀律，同志們，鐵的紀律！這就是今天的口號。只要踏錯一步，我們的敵人就會追上來，同志們，各位當然不想讓瓊斯回來吧？」

這句論調再一次讓所有動物啞口無言。動物們當然不希望瓊斯回來，如果在週日早上進行辯論可能會讓他回來，那麼辯論就必須停止。拳師現在有時間細細思考一切，說出了大多數動物的感覺：「如果拿破崙同志這麼說，就一定是對的。」從此之後他便將「拿破崙永遠是對的」當成生活準則，再加上自己私底下的座右銘：「我會更努力工作。」

此時天氣已經好轉，該是開始春耕的時候了。先前雪球用來設計風車藍圖的小倉庫已經關了起來，大家都認為地板上的設計圖被擦掉了。每個週日早晨十點鐘，動物們在大穀倉集合聽取該週的指令。老少校的頭骨如今已經只剩一副白骨，他們從果園裡將之挖出放在旗桿底部旁邊的一處隆起上，和那把槍放在一起。升旗之後，動物們必須懷著崇敬之心列隊繞過頭骨進入穀倉。如今他們不再像過去那樣都坐在一起，拿破崙、尖嗓以及另一頭叫小指頭的豬坐在高台的前方，小指頭擁有作曲寫詩的優越天分；九隻年輕的狗則圍著他們坐成半圓，其他豬隻坐在後頭，其他動物則面向他們坐在穀倉裡大片空地上。拿破崙會唸出該週的工作指令，像個粗野魯莽的士兵，接著唱過一次〈英格蘭之獸〉之後，所有動物就地解散。

雪球遭到驅逐後的第三個週日，拿破崙宣布風車還是得蓋，動物們聽了這消息多少有點吃驚。他並沒有解釋自己為什麼改變了心意，只是警告動物們這件額外的任務表示他們要非常努力工作，甚至有必要減少他們的糧食配給。不過設計圖倒是全部都準備好了，枝微末節清清楚楚，過去三個禮拜，豬群組成了特別委員會負責規劃這件工作，風車的建造再加上許多其他改善設施，預計要花費兩年的時間。

那天晚上，尖嗓私下跟其他動物解釋，其實拿破崙從來就沒有反對過風車計畫，而且正好相反，一開始就是他大力主張這麼做，而雪球在孵蛋間倉庫地板上畫的設計圖其實是從拿破崙的文件裡偷的，風車根本就是拿破崙的創舉。某隻動物便問，那為什麼他發言時要這麼強硬反對呢？聽到這話，尖嗓露出相當陰險的表情說，那個啊，就是拿破崙同志狡猾的地方，他看上去似乎是反對風車，這只是要除掉雪球這個既危險又帶來負面影響傢伙的手段。現在少了雪球的妨礙，計畫就能不受影響繼續進行。尖嗓說，這就是所謂的計策，他重複了好幾次：「計策，同志們，計策！」他跳來跳去、搖著尾巴，面掛愉悅的笑容。動物們不太曉得這個詞是什麼意思，但尖嗓的話很有說服力，而且跟著他的那三頭狗又發出深具威脅的低吼，於是他們便不再多問，接受了他的解釋。

LOYALTY AND OBEDIENCE ARE MORE IMPORTANT.

忠誠和順服更重要。

第六章

動物們一整年都像奴隸一般工作，但是他們樂在其中，對於自己的勞累和犧牲毫無怨言，因為他們非常清楚自己所做的是為了自己的利益，也是為了他們未來同類的利益，而不是為了一群無所事事、只會偷取他們辛勞成果的人類。

整個春天到夏天，他們一週要工作六十小時，到了八月，拿破崙更宣布星期天下午應該也要工作，這段工時完全是自願參與，但若是有動物不來工作，那麼糧食的配給就會減少一半。即使如此，他們還是必須落下部分工作不管，今年的收成比起去年差了一點，應該在初夏就播下菜根種子的兩塊田地也沒有播種，因為犁地的工作未能更早完成。可以想見的是，即將來臨的冬天會很難熬。

建造風車讓動物們面臨了預期之外的困難。農莊上有一處品質良好的石灰岩採石場，他們也在農莊外圍一間棚屋裡找到許多砂石和水泥，所以他們可以取得所有建造的材料。但問題是動物們一開始不知道該怎麼把石頭劈成合適的大小，若是不使用鐵鎬和鐵撬似乎就沒辦法，而且沒有動物能夠以後腿站立，自然也就無法使用這些工具。一直到經過好幾週徒勞無功的嘗試之後，才有某隻動物想到了好點子，也就是運用重力。由於巨大的石塊體積太大而不適用，就這樣到處散置在採石場的石床上，因此只要是能夠抓住繩子的動物們同心協力，用繩子綁住這些石塊，包括乳牛、馬匹、綿羊，有時豬隻在關鍵時刻也會來幫忙，就這樣用慢到不能再慢的速度將石塊拉上採石場斜坡的坡頂，接著把石塊從邊緣推落，石塊就會在底下裂成碎塊，等到石塊破碎後，要運送石頭相對就簡單了。馬匹會拉著滿滿一馬車的石塊，綿羊則一次拖一塊，就連木麗兒和班傑明也套進一輛老舊的兩輪推車，負起自己的職責。到了夏末，他們收集的石塊已經夠多了，於是在豬群的監督下，風車的建造開始了。

可是建造的過程既緩慢又辛苦，動物們經常竭盡全力揮汗工作一整天卻只是將一塊石頭拉上採石場坡頂，有時候將石頭推落下去之後還沒碎開。若是沒有拳師，他們都將一事無成，拳師的力氣似乎就跟所有其他動物加起來一樣大。若是石塊開始往下滑，動物們發現自己也被拖下山坡而著急大叫，拳師總會用盡全力拉住繩子讓石塊停止滑動。看著他舉步維艱地一吋吋爬上山坡，急促喘氣，馬蹄前端緊抓著地面，身上布滿汗水，讓所有動物都流露出崇敬之情。三葉有時會警告他小心，不要太勉強自己，但是拳師從來不聽她的勸，他掛在嘴邊的兩句話：「我會更努力工作。」還有「拿破崙永遠是對的。」對他而言似乎就足以解答一切的問題。他和公雞說好了，每天早上要提早四十五分鐘叫醒他，而不是先前的半小時。在他閒暇的時候（如今也沒多少這樣的時光了），他會獨自到採石場去收集一大簍碎石，自己獨力拖到風車的建造地。

那年夏天，動物們雖然工作很辛苦，但過得還不壞，就算食物並沒有比瓊斯在的時候還多，至少也沒變少，畢竟他們現在只要餵飽自己，不用還得多養五個養尊處優的人類，這對動物們大有好處，他們得犯一大堆錯誤才會抵銷這點。而且就許多方面來看，動物們做事的方法更有效率又能節省勞力，例如除雜草這樣的工作，動物做來的乾淨俐落是人類無法達成的。另外，既然現在不會有動物偷吃作物，也就沒必要用圍欄將田地和可耕地分開，省下許多修整維護樹籬與大門的勞力。儘管如此，隨著夏天進入尾聲，動物們還是或多或少感受到了不在預期內的短缺問題，他們需要石蠟油、釘子、細繩、狗餅乾以及馬蹄鐵要用的鐵，而這些都是農莊無法生產的，之後他們還會需要種子、合成肥料以及各種工具，當然最重要的就是風車要用的發動機。沒有動物可以想到該怎麼獲取這些東西。

某個週日早晨，動物們集合起來準備聽取指令，拿破崙宣布他決定要施行一項新政策，從現在起，動物農莊要和鄰近的農莊進行交易，當然這不帶有任何商業目的，只是為了獲取某些他們迫切需要的材料。風車的需求必須凌駕其他一切，他說，因此他正在安排要賣掉一大堆乾草及一部分今年的小麥收成，而且之後如果還需要更多錢，他們就得開始賣雞蛋，這在威靈頓總能賣個好價錢。拿破崙說，母雞們應該欣然接受這樣的犧牲，這是她們對建造風車所做出的特殊貢獻。

動物們同樣又隱約感受到一股不安，他們絕對不能跟人類打交道、絕對不能做生意、絕對不能用錢，這些不是在他們趕走瓊斯之後第一次勝利會議上最早通過的那幾條規定嗎？所有動物都記得他們通過了這樣的決定，或者說他們覺得自己記得是這樣。曾經抗議拿破崙要廢止會議的那四隻年輕小豬怯生生地提高音量詢問，但是一聽到狗群可怕的吼聲就馬上安靜了。接著綿羊如往常一般叫喊起來：「四隻腳就是好，兩隻腳就是壞！」撫平了那短暫的尷尬氣氛。最後拿破崙抬起前蹄要求大家安靜，宣布說他已經做好一切安排，其他動物都不需要跟人類接觸，這部分顯然是大家最不想要的，所以他打算獨自承擔起全部責任。有個住在威靈頓的推銷員叫溫波先生，他已經同意擔任動物農莊和外界之間的仲介，每週一早上會造訪農莊聽候指示。拿破崙一席話說完照例喊著：「動物農莊萬歲！」接著唱完〈英格蘭之獸〉以後，動物們就解散了。

稍後尖嗓在農莊裡繞了一圈，安撫所有動物的感受，他信誓旦旦地說他們根本沒有通過不能做生意或不能用錢這樣的決定，甚至連提都沒有提過，完全都是想像出來的，或許可以回溯到一開始雪球散播的那些謊言。有幾隻動物還是有點懷疑，但是尖嗓眼露精光地問他們：「同志們，你們確定這不是做夢夢到的嗎？你們有這些決定的紀錄嗎？有寫在哪裡嗎？」而這樣的東西當然都沒有留下書面紀錄，所以動物們也就欣然接受了是自己搞錯。

每週一，溫波先生都依照安排造訪農莊，他是個長相狡猾的矮小男人，臉頰兩邊蓄了鬍子，這個推銷員的生意規模很小，但他很精明，比誰都更早預料到動物農莊一定會需要一個掮客，而這份佣金很值得賺。動物們心懷畏懼地看著他來來去去，盡量避免和他打照面，不過他們看到拿破崙用四隻腳站著傳達指示給兩隻腳站著的溫波先生，都感到相當驕傲，某種程度上也讓他們更願意接受這項新措施。如今動物們和人類的關係跟先前比起來已經不大相同了，就算動物農莊正在蓬勃發展，人類對此的厭惡並未減少半分，每個人都深深相信這座農莊遲早會破產，而且最重要的是，那座風車絕對蓋不起來，或者就算蓋起來，也絕對發動不了。但是就算人類再不情願，也不得不對動物管理自身工作的效率生出某種敬佩，其中一個徵兆就是他們已經開始正式稱之為「動物農莊」，不再假裝那裡還叫做「曼諾農莊」，而且他們也不再支持瓊斯的行動，瓊斯已經放棄了奪回農莊的希望，轉而到國內另一處定居。儘管動物農莊只會透過溫波先生與外界接觸，但是經常傳出謠言說拿破崙準備要和福森農莊的皮金頓先生，或者是品園農莊的弗德烈克先生，談定確切的交易協定，不過他們也注意到了，拿破崙從不會同時跟雙方談判。

大約就在這個時候，豬群突然搬進農舍住下來了。動物們似乎又記起早期曾經通過不得這樣做的決定，而尖嗓再一次成功說服其他動物，事實並非如此。他說，絕對有必要讓豬群能夠擁有一個安靜工作的地方，畢竟他們是農莊裡負責動腦的，而且領導（最近他開始用「領導」這個頭銜來稱呼拿破崙）更應該住在房子裡，總比躺在區區的豬圈裡要體面多了。儘管如此，有些動物聽到豬群不但在廚房裡吃飯、把起居室當成娛樂間，還睡在床上，心裡總覺得不安。拳師一如往常，用「拿破崙永遠是對的！」一句話就帶過了，但三葉認為自己記得動物們絕對有一條規則是反對睡在床上，她走到穀倉一端想要努力辨識出寫在牆上的七誡，但是她發現自己只能夠讀懂個別字母，於是找來了木麗兒。

「木麗兒，」她說，「唸第四誡給我聽，是不是說什麼不可睡在床上？」

木麗兒費了一點工夫才拼讀出來。

「上頭寫著：『動物不可睡在鋪床單的床上。』」她終於說。

這倒是有趣，三葉不記得第四誡有提到床單，但是既然牆上是這樣寫的，那麼一定是對的。就在這個時候，尖嗓正巧經過，身邊跟著兩、三頭狗，於是向他們解釋應該如何看待這整件事。

「原來妳們聽說了，同志們，」他說，「我們豬群現在都睡在農舍裡的床上，有何不可呢？妳們當然不會以為有什麼規定說不能睡在床上吧？床不過就是一個睡覺的地方，照這樣說起來，欄舍裡的一堆稻草也是床。規則是反對床單，這是人類發明的東西，我們已經把床單從農舍裡的床上拿走了，都睡在毯子裡，而且這些床確實非常舒服！不過並不比我們所需要的更舒服，我可以告訴妳們，同志們，畢竟我們現在的工作要花費腦子是多麼辛苦，妳們不會剝奪了我們休息的權利吧，同志們？妳們不會要我們累到無法盡責工作吧？妳們肯定也不希望看到瓊斯回來吧？」

兩隻動物馬上跟他保證自己沒有這種想法，也不再討論豬群睡在農舍床上的事情。過了幾天，又宣布說從現在起，豬群早上會比其他動物晚一個小時起床，也沒有動物對此抱怨。

入秋時，動物們雖然很累卻很開心，他們這一年相當辛苦，賣掉一部分乾草及玉米之後，冬天的糧食存量也剩下不多了，不過風車足以抵過一切。現在風車幾乎蓋好一半，收成過後一連過了好幾天晴朗無雨的天氣，動物們更是辛勤工作，一整天拖拉著石塊奮力來回運送，想著如果這麼做能讓牆蓋高一吋，怎麼樣都值得。拳師甚至會在晚上出來，藉著秋分時的滿月月光自己工作一、兩個小時。動物們閒暇時會繞著半完成的風車走來走去，讚賞這石牆有多麼堅固、多麼聳直，感嘆自己應該再也蓋不出這麼雄偉的建物了。但是一如往常的是，只有老班傑明不願意對風車太過興奮，他會喃喃說著，不外乎就是那句晦暗難解的驢子很長命。

到了十一月，颳起強烈的西南風，動物們必須暫停建造風車的工作，因為濕氣實在太重，無法好好攪拌水泥。結果有一天晚上，強風颳得又猛又狂，農莊裡的屋舍地基都搖搖晃晃，穀倉屋頂上幾片磚瓦還被吹走了。母雞驚醒，嚇得咕咕大叫，因為她們都做了同樣一個夢，聽見遠方傳來一聲槍響。早上動物們從欄舍裡走出來，發現旗桿被吹倒，果園另一端的榆樹就像拔蘿蔔一樣被連根拔起。接著動物們發現了什麼，同時所有動物的喉嚨裡都發出了一聲絕望的叫喊，在他們眼前的是一片慘況，風車已經被吹倒成了廢墟。

他們一起衝向風車的所在地，幾乎只會走幾步路的拿破崙一馬當先跑在前頭。沒錯，風車就躺在那裡，那是他們一切辛勞吃苦的成果，完全夷為平地，他們費盡力氣摔碎、搬運的石塊四處散落。動物們一開始完全說不出話來，只是站在原地一臉哀傷盯著散落一地的落石。拿破崙靜靜地走來走去，偶爾聞一聞地面，尾巴舉得僵直，不停左右擺來擺去，顯示出他的心智正激烈運作著，突然他停下腳步，彷彿已經下定決心。

「同志們，」他靜靜地說，「各位知道誰要為此負責嗎？各位知道是哪個敵人趁著夜色到來推倒了我們的風車嗎？雪球！」他突然用打雷般的聲量大吼，「這是雪球幹的！他就是純粹惡意為之，想要阻撓我們的計畫，藉此報復他自己被驅逐的恥辱，這個叛徒趁著夜色的掩護偷偷摸摸跑來，毀掉了我們將近一年的辛勞工作。同志們，我在此時此地宣布對雪球處以死刑，只要有動物能夠將他繩之以法，就會授與『第二級動物英雄』獎章以及半簍蘋果，而能夠活捉他的動物都可以得到一整簍蘋果！」

動物們知道後都詫異到不知道該怎麼形容了，即使是雪球，怎麼能夠犯下這樣的罪行呢？有動物發出憤慨的叫喊，大家都開始動腦，想著如果雪球還敢回來要怎麼抓住他。他們幾乎是馬上就在離土丘不遠的草地上發現了豬腳印，腳印只能往回追了幾碼遠，但顯然是通往樹籬上的洞口。拿破崙認真嗅聞著這些地方，然後宣布這是雪球造成的，他說出自己的推論，認為雪球可能是從福森農莊那個方向來的。

「不能再拖延了，同志們！」拿破崙檢視完腳印後便大喊著，「我們還有工作要做。從今天早上起，我們要開始重新建造風車，整個冬天無論晴雨都要努力工作，我們要給這個可悲的叛徒好好上一課，讓他知道他無法這麼輕易就抹煞我們的努力。同志們，要記住，我們的計畫不容有任何變化，一定要進行到底。前進吧，同志們！風車萬歲！動物農莊萬歲！」

NAPOLEON
IS
ALWAYS
RIGHT.

拿破崙永遠是對的。

第七章

那年冬天很難熬，強風過後來了冰霰和雪，然後又是一陣嚴寒的凍霜，一直到二月中才漸漸消融。動物們盡自己所能重建風車，他們很清楚外面的人都緊盯著他們，若是風車無法如時完工，只會讓眼紅的人類歡欣鼓舞地慶祝。

人類因為怨恨而假裝不相信是雪球毀掉了風車，他們說風車會垮是因為牆太薄了，動物們知道並非如此，可是仍然決定這次要蓋起三呎[6]厚的牆，不像上次只有

6 譯注：約九十一公分。

十八吋[7]，這表示他們要收集更大量的石頭。採石場被冰雪覆蓋了很長一段時間，動物們什麼也不能做。接下來的天氣乾冷無比，工作有一點進展，但是非常艱辛，動物們也不像先前那樣充滿希望了，他們總是覺得又冷又餓，只有拳師和三葉一直沒有灰心。尖嗓發表一席精彩的演說，鼓吹為動物服務的喜悅以及勞動的偉大。但是，真正讓動物們內心感到熱血沸騰的是拳師的力量，以及他從來不放棄喊著：「我會更努力工作！」。

到了一月，食物不夠了，玉米的配給大大減少，豬群宣布他們會多發放一些馬鈴薯配給來補足，後來發現大部分的馬鈴薯收成都凍結成塊，因為他們種植時鋪在

7 譯注：約四十六公分。

馬鈴薯上的土不夠厚。馬鈴薯變軟、褪色，只剩下少數還能吃。有時一連好幾天，動物們除了米糠和甜菜根就沒有其他食物可以吃，飢荒似乎近在他們眼前。

他們絕對必須掩蓋住這件事，不能讓外界的人類知道。因為風車倒塌的事情讓人類的膽子又大了起來，開始捏造一些新的謊言來詆毀動物農莊，他們又繼續謠傳所有動物都快餓死、病死了，說動物之間不斷爭來鬥去，甚至開始同類相食、殺嬰等等。拿破崙相當清楚，如果食物短缺的真相流傳出去會帶來什麼糟糕的後果，因此他決定利用溫波先生來宣傳一個相反的形象。到目前為止，溫波先生每週到訪的時候，動物們跟他都很少、幾乎是沒有接觸，但是現在豬群挑選了少數幾隻動物，大部分是綿羊，指示他們在溫波先生聽得見的範圍內不經意談論起糧食配給增加了，而且拿破崙還下令將儲藏間裡幾乎要見底的籮筐中裝滿沙子，再把他們所剩的穀物和糧食覆蓋在上面，豬群會找些適當的理由，帶著溫波先生走過儲藏間，讓他看一眼那些籮筐。他們就這樣騙了他，讓他繼續去跟外界說動物農莊沒有食物短缺。

雖說如此，到了一月底，農莊顯然有必要從什麼地方找來更多穀物才行。這段日子裡，拿破崙很少公開露面，而是一天到晚待在農舍裡，農舍的每道門前都有凶狠的狗看守著。他現身時也總是相當隆重，六頭狗緊緊守護在他左右，要是其他動物太靠近就會朝著他們吼叫。他常常連週日早上的集會也缺席，不過會透過某一頭豬來傳達指令，通常是尖嗓。

某個週日早上，尖嗓要求正準備再次下蛋的母雞必須交出雞蛋，拿破崙已經透過溫波先生的交涉，接受了一週提供四百顆雞蛋的合約，這些雞蛋的價值能夠換來足夠的穀物和食物，讓農莊的運作撐到夏天來臨，屆時他們就會比較好過。

母雞聽到這個消息時發出了可怕的叫喊，她們早先就被提醒說可能會需要做出這樣的犧牲，但是不敢相信真的會發生這種事。她們已經下了一窩蛋準備在春天孵出小雞，於是抗議說現在把蛋拿走就是謀殺。自從動物們趕走了瓊斯之後，這是第一次出現近乎是反抗的聲音，由三隻年輕的黑米諾卡母雞帶頭，母雞們決心要用盡一切努力不讓拿破崙如願。她們的方法是飛上屋椽下蛋，如此雞蛋就會在地上摔個粉碎。拿破崙的反應迅速而無情，他下令停止母雞的糧食配給，並且警告動物們只要分了任何一小顆玉米給母雞都會遭到處死，狗群確保這些命令會澈底執行。母雞們堅持了五天終於屈服，回到自己的孵蛋箱裡。於此同時已經死了九隻母雞，她們的屍體被埋在果園裡，對外則宣稱她們死於球蟲病。溫波對此一無所知，雞蛋趕上了送貨時間，每週會有一輛雜貨店的貨車開來農莊運走雞蛋。

這陣子再沒有動物發現雪球的蹤跡，謠傳他藏身在其中一個鄰近的農莊，不是福森就是品園。這時的拿破崙跟其他農莊主人的關係比從前稍微好了一點，正好在動物農莊的庭院中有一堆木材，十年前農莊清空了一塊山毛櫸林地，木材就一直堆在那裡。那批木材已經好好曬過，溫波便建議拿破崙賣掉，皮金頓先生和弗德烈克先生都迫切想買下。拿破崙在這兩人之間猶豫不決，無法下定決心，動物們發現，只要在拿破崙快要跟弗德烈克達成協議的那個當口，就會有動物說發現雪球藏匿在福森農莊；而當他傾向跟皮金頓交易時，就會聽說雪球在品園農莊。

早春時分，動物們突然發現一樁危險事件，雪球會在晚上偷偷侵入農莊！動物們都深感不安，在自己的欄舍裡也不得安眠，據說每天晚上雪球會趁著夜色掩護偷偷摸摸跑進來，大搞各種破壞，他會偷走玉米、弄亂擠奶桶、打破雞蛋、把菜苗田踩爛，還會把果樹樹皮啃下來。只要有什麼事情出了差錯，經常都會怪到雪球頭上，如果有窗戶破掉或是排水口堵住，一定會有某隻動物說是雪球晚上跑來幹的。當儲穀倉的鑰匙不見的時候，整座農莊的動物都相信是雪球把鑰匙丟進井裡，奇怪的是，後來在一包穀物底下找到了丟失的鑰匙，但動物們還是這麼相信。此外，乳牛異口同聲宣稱雪球會偷偷跑進牛舍裡，趁她們睡覺時擠她們的奶。那年冬天，老鼠經常惹麻煩，也有動物說他們跟雪球結盟了。

拿破崙發布命令，表示他們應該澈底搜查雪球活動的蹤跡，他的狗群陪著他一起在農莊房舍周邊進行仔細的調查，其他動物則隔一段距離跟在後面。拿破崙每走幾步就會停下來嗅聞地面，看看是否有雪球足跡留下的氣味，他說一聞就知道。他在每個角落嗅聞，穀倉裡、牛舍裡、雞舍裡、菜園裡，幾乎每個地方都有雪球的蹤跡。他會把豬鼻貼在地面上，深深吸幾口氣，然後發出可怕的聲音宣布：「雪球！他來過這裡！很明顯有他的氣味！」狗群一聽見「雪球！」這名字，都發出彷彿要噬血一般的低吼，露出側邊的牙齒。

動物們都嚇壞了，他們覺得雪球似乎就像一種看不見的影響力，瀰漫在他們身邊的空氣中，以各種危險威脅著他們。太陽下山後，尖嗓把大家集合在一起，臉上的表情十分警戒，他說他有非常嚴肅的消息要報告。

「同志們！」尖嗓一邊大喊一邊有些緊張地小跳

步，「我們發現了一件極為糟糕的事情，雪球已經把自己賣給了品園農莊的弗德烈克，他們現在甚至在策畫要攻擊我們，把農莊從我們手中搶走！當他們進攻時，雪球會擔任嚮導。不過還有更糟的事，我們原本以為雪球的反叛只是因為他的虛榮心和野心，但我們錯了，同志們，你們知道真正的原因是什麼嗎？雪球從一開始就是瓊斯的同夥！他一直都是瓊斯的密探，從他留下的文件裡就能證明這點，而我們一直到最近才發現。在我看來，這樣就能解釋清楚很多事情，同志們，牛舍之戰的時候我們不都親眼看見了，他是如何試圖害我們落敗而亡嗎？幸好他沒有成功。」

動物們呆若木雞，這樣的邪惡可是遠遠超過雪球破壞風車的行為，但是他們花了幾分鐘才完全聽懂，因為他們都還記得，或者認為自己記得，雪球在牛舍之戰衝在他們前頭，每一波行動都將他們團結起來並鼓舞他們，即使瓊斯槍裡射出的子彈擦傷了他的背，他也沒有絲毫退縮。一開始，動物們很難將這樣的記憶與他和瓊斯同夥這件事重疊在一起，就算是很少問問題的拳師也一頭霧水，他伏低身體，將前蹄收在身下閉上眼睛，費了好一番力氣才能夠整理清楚自己的思緒。

「我不相信。」他說，「雪球在牛舍之戰英勇作戰，我親眼看見的。我們後來不是馬上就頒給他『一級動物英雄』獎章了嗎？」

「那是我們的失誤，同志。就我們目前所知，這一切都寫在我們找到的祕密文件裡，事實上他是想要引誘我們走向失敗。」

「可是他受傷了，」拳師說，「我們都看見他一邊流血一邊奔跑。」

「那也是他計畫的一部分！」尖嗓大叫，「瓊斯的子彈只是擦過他的身體，我可以讓你們看看他自己寫下的東西，只是你們讀不懂。他的計畫是要讓雪球在關鍵時刻發出逃跑的信號，然後敵人就能取得這片農莊。他差一點點就成功了，我甚至要說，同志們，他本來有機會成功的，幸好我們英勇的領袖拿破崙同志阻止了他。各位難道不記得了嗎，就在瓊斯和他的手下進入庭院的時候，雪球突然轉身就跑，還有許多動物跟著他？各位難道不記得了嗎，就在那個時候，我們陷入一片驚慌，一切似乎大勢已去，是拿破崙同志一馬當先，喊著『人類該死！』然後一口咬住瓊斯的腳不放？同志們，各位一定記得吧？」尖嗓跳來跳去奮力說明著。

這下尖嗓如此活靈活現描述出當時的場景，動物們似乎覺得自己確實記得是這個樣子，無論如何他們也記得在戰役的關鍵時刻雪球轉身就逃，但拳師還是有一點猶豫。

「我不相信雪球從一開始就是叛徒，」他終於開口，「他後來的所作所為是另一回事，但我相信在牛舍之戰時他是一位好同志。」

「我們的領袖拿破崙同志，」尖嗓以緩慢又堅定的口吻宣示，「同志們，他已經表明以派別而言，雪球從最一開始就是瓊斯的密探，沒錯，而且老早在我們想到要反抗以前就是了。」

「啊，那就不一樣了！」拳師說，「如果拿破崙同志這麼說，那一定是對的。」

「這樣想就對了，同志！」尖嗓叫著，但是他那對閃亮的小眼睛明顯對拳師投射出非常醜惡的眼神。他轉身要離開，然後又停下來說了一句意味深長的話：「我要警告這農莊裡的每一隻動物，眼睛睜大睜亮了，因為我們可以合理認為，此時就有一些雪球的密探埋伏在我們身邊！」

四天後接近黃昏的時候，拿破崙命令所有動物在庭院裡集合。等到他們都聚集在一起了，拿破崙便從農舍裡走出來，把他的兩枚獎章都配戴起來（最近他頒給自己「一級動物英雄」以及「二級動物英雄」獎章），九頭大狗圍繞著他小跑步前進，同時還發出低吼聲，嚇得所有動物都感到一陣雞皮疙瘩沿著脊椎往下鑽。他們都靜靜縮在自己的位置上，似乎已經知道即將有什麼可怕的事要發生。

拿破崙直挺挺站著審視他的觀眾，然後他發出一聲高頻的嗚咽聲，狗群馬上往前一撲，抓住四頭豬的耳朵將他們拖到拿破崙腳邊，四頭豬發出疼痛而恐懼的叫聲。四頭豬的耳朵在流血，狗嚐到了血，有那麼一會兒似乎就要大開殺戒。讓大家驚訝的是，其中三頭狗居然撲向了拳師，拳師看見他們衝過來便伸出強壯的馬蹄，在空中就攔截住一頭狗並將之壓制在地，狗高聲叫喊求饒，其他兩頭狗則夾著尾巴逃跑。拳師看著拿破崙，想知道自己應該壓死這頭狗還是要放了他。拿破崙臉色一變，厲聲命令拳師把狗放了，拳師一聽就舉起馬蹄，受了傷的狗一邊溜走一邊嚎叫著。

騷動暫時平息了，四頭豬發抖等待著，臉上每一條紋路都寫滿了罪惡感。現在拿破崙要求他們坦承自己的罪行，這四頭豬正是抗議拿破崙廢止週日會議的那四頭豬。他們絲毫沒有遲疑，馬上坦承自從雪球被驅逐之後，他們一直偷偷跟雪球來往，跟他合作共同破壞風車，還跟他達成協議要把動物農莊交給弗德烈克先生。另外補充說，雪球私下向他們承認，他過去幾年一直都是瓊斯的密探。他們一說完自白，狗群馬上撕爛他們的喉嚨，拿破崙發出可怕的聲音盤問還有沒有其他動物要認罪。

當時為了雞蛋而打算帶領雞群反抗的那三隻母雞如今也走上前，坦承雪球現身在她們夢中並煽動她們違抗拿破崙的指令，她們也同樣遭到殺害。接著一隻鵝走上前，承認自己在去年收成時偷偷藏了六穗玉米，趁著晚上吃掉。一頭羊招認自己會在飲水池中尿尿，據她所說是雪球慫恿她這麼做的。然後又有兩頭羊坦承他們謀殺了一頭忠心追隨拿破崙的老羊，他們在老羊咳嗽不止的時候還追著他不斷繞火堆跑。這些動物都當場遭到格殺。各種自白與破壞行動的說法就這樣不斷出現，到最後拿破崙腳邊已經堆起小山般的屍體，空氣中瀰漫著濃濃的血腥味，自從他們驅逐了瓊斯後就再沒聞過這種味道了。

一切都結束之後，除了豬群和狗群以外，還活著的動物一起默默走開，他們全身發抖又愁雲慘霧，不知道究竟哪件事讓他們比較驚訝，是那些選擇背叛而與雪球結盟的動物，還是他們才剛目睹的殘酷懲罰。過去，他們也常常看到同樣可怕的濺血場景，但如今發生在動物彼此之間，所有動物似乎都覺得這樣更加可怕。自從瓊斯離開農莊一直到今日之前，從來沒發生過動物殺害另一隻動物的事情，就連一隻老鼠也不曾遇害。動物們一路走上了那塊小土丘，還未完工的風車矗立在那裡，他們一同躺坐下來，靠攏在一起取暖，三葉、木麗兒、班傑明、乳牛、綿羊，還有鵝群與雞群，所有動物都在，只有貓不見蹤影，在拿破崙下令要動物集合之前就突然消失了。大家沉默了好一陣子，唯獨拳師還站著，他踩著不安的步伐一下往前一下往後，左右搖擺長長的黑尾巴，偶爾突然爆出小小的嘶鳴聲，最後他說：「我不懂，我絕對不相信那樣的事情會發生在我們農莊裡，一定是我們自己做錯了什麼。在我看來，解決的方法就是更努力工作，從今往後，我早上會提早整整一個小時起床。」

隨後拳師步伐笨重地跑向採石場。抵達後，他一連搬了兩車石頭到風車旁邊，一直工作到晚上才休息。

動物們緊挨在三葉身邊，一句話也不說。他們躺坐的這塊土丘讓他們能看到更寬闊的鄉間風光，能將大部分的動物農莊盡收眼底，看得見長長的田埔，一路延伸到主要道路、乾草田、矮樹叢、飲水池、翻好的耕地上已經長滿青綠的小麥草苗，還有農莊屋舍的紅色屋頂，煙囪裡冒著裊裊青煙。這個春天傍晚的天空清澈，低平的陽光在草地和雜亂的樹叢上也鍍了一層金。

這座農莊似乎從來不像現在這樣成為動物們渴求的地方，而他們也有些驚訝地想起了這確實是他們的農莊，每一吋土地都是他們的財產。三葉低頭看著山坡邊，眼裡充滿淚水，如果能夠好好說出自己的想法，她會說他們多年前努力推翻人類的時候，所想要的不是這個樣子。這樣可怕又殘忍的屠殺景象，並不是那天晚上老少校第一次鼓動他們反抗時，他們所期待的樣子。如果要她想像未來是什麼樣貌，那會是一個動物不再需要忍受飢餓與鞭打的社會，所有動物皆平等，每隻動物都依自己的能力工作，強者保護弱者，正如她在老少校演說的那晚伸出前腳保護那一窩失去親人的小鴨一樣。但是如今她也不知道為什麼，事情怎麼會演變成沒有人敢說出自己的心聲，兇狠而不時咆哮的狗四處出沒，還得眼睜睜看著自己的同志在坦承驚人的罪行後被撕成碎片。三葉心裡從來沒有想過要反抗或不服從，她知道即使是現在這個樣子，動物們的日子還是比以前瓊斯在的時候好太多了，因此無論如何他們都必須阻止人類回到這裡。不管發生了什麼，她都會保持忠誠、努力工作、執行自己接受的命令，並且服從拿破崙的領導。只是，她和所有動物一心期盼而為之努力的並不是這樣，他們不是為了這個才蓋了風車、面對瓊斯槍裡射出的子彈。這些是她的想法，可是她卻不知道該怎麼以言語表達。

最後，三葉想著這麼做或許可以代替自己無法以言語表達清楚的話，於是唱起〈英格蘭之獸〉。坐在身邊的其他動物也加入了她，他們一起唱了三次，聲音非常和諧，不過卻唱得相當緩慢，帶著滿滿憂傷，他們過去從來沒有這樣唱過這首歌。

才剛唱完第三次，尖嗓就出現了，身邊有兩頭狗陪伴，他走過來，一副即將宣布重要事情的樣子。他說，根據拿破崙同志的特別命令，禁止〈英格蘭之獸〉這首歌，從現在開始不准再唱。

動物們都很驚訝。

「為什麼？」木麗兒叫起來。

「已經沒有需要了，同志。」尖嗓悍然回答，「〈英格蘭之獸〉是反抗的歌曲，但是反抗已經完成，今天下午處決了叛徒就是最後一步，無論是外部或內部的敵人都已經被我們打敗了。我們用〈英格蘭之獸〉表達對未來美好社會的渴望，而如今這樣的社會已然成形，這首歌自然就沒有用了。」

動物們雖然害怕，有一些或許還抗議了，但是這時候綿羊一如往常叫嚷起來：「四隻腳就是好，兩隻腳就是壞。」重複了好幾次，最後便停止了討論。

於是他們再也沒聽過〈英格蘭之獸〉，而詩人小指頭則寫了另一首歌取而代之，歌是這樣唱的：

動物農莊，動物農莊，

吾人絕不令汝受傷！

每週日早上升過旗幟之後，他們便會唱這首歌，不過無論是歌詞或曲調，對動物們而言，似乎都比不上〈英格蘭之獸〉。

BY A SPECIAL DECREE OF COMRADE NAPOLEON,

BEASTS OF ENGLAND HAD BEEN ABOLISHED.

根據拿破崙同志的特別命令，
禁止〈英格蘭之獸〉這首歌。

第八章

幾天後，處決所造成的驚懼漸漸消失之時，有些動物想起來，或者說他們以為自己記得，第六誡是這麼規定的：「動物不可殺害其他動物。」雖然沒有動物會想在豬群或狗群聽得見的範圍內提起這件事，他們還是感覺發生的殺戮事件並不符合這條誡律。三葉要求班傑明唸第六誡給她聽，而班傑明就如往常一般，說他不想要摻和到這種事情裡，於是三葉又找了木麗兒來，木麗兒把誡律唸給她聽，是這樣寫的：「動物不可無故殺害其他動物。」真奇怪，動物們似乎不記得有「無故」兩個字，不過他們現在知道了，拿破崙並沒有違反誡條，畢竟殺掉那些與雪球結盟的叛徒顯然是很好的理由。

那一整年動物們更加努力工作，甚至比前一年更努力，為了重建風車，要蓋出比之前厚上兩倍的牆，而且還要在指定日期前完成，再加上農莊裡的日常工作，動物們無比辛苦勞動著。有時候，動物們覺得比起瓊斯還在的日子，他們好像工作的時間更長、吃的也沒有更好。週日早上，尖嗓的豬蹄拿著一張長長的紙，對動物們唸出一連串數字，視當下的情況來證明每一種食物的產量都增加了百分之兩百、百分之三百，或者百分之五百。動物們沒有理由不相信他，尤其是他們再也記不清楚反抗之前的情況到底是怎麼樣。無論如何，總會有些日子裡，動物們希望少聽些數字，多吃點食物。

現在所有的命令都是透過尖嗓或其他豬隻傳達，拿破崙很少出現在大家面前，兩週才出現一次。若是拿破崙現身了，身旁不只圍繞著狗群隨從，還有一隻黑公雞走在他前頭，像個號令兵一樣，在拿破崙說話前發出響亮的「咕——咕——咕」聲音。聽說，即使在農舍裡，拿破崙住的寢室也跟其他豬隻分開，他自己用餐，有兩頭狗服侍他，而且餐點一定要用擺放在起居室玻璃櫃中的皇冠德貝瓷餐具盛裝。豬群也宣布說，除了每年兩次的紀念日之外，拿破崙的生日也要鳴槍。

現在提起拿破崙，絕對不是只稱「拿破崙」，一定要正式稱他為「我們的領袖拿破崙同志」，而且豬群很喜歡為他發明一些頭銜，例如「動物之父」、「人類噩夢」、

「羊圈保護者」、「小鴨之友」等等。尖嗓在談話時總會講到淚流滿面，說起拿破崙的智慧、他的善心，以及他對四處各地的動物都懷著深切的愛，尤其是其他農莊裡那些仍懵然無知、遭受奴役的動物。動物們已經習慣將每一次順利達成任務和每一次好運都歸功於拿破崙，經常能聽到某隻母雞跟其他母雞說：「在我們的領袖拿破崙同志領導之下，我這六天就下了五顆蛋。」或者兩頭乳牛一起在水池旁喝水休息，也會說：「感謝我們的領袖拿破崙同志，這水的味道多棒啊！」農莊裡的普遍感受都能以小指頭寫的一首詩來表達，這首詩名為〈拿破崙同志〉，內容是這樣：

失怙者之友！
幸福的源頭！
飼料桶之主！喔，我的靈魂
燃起火焰，只因凝視著汝
平靜而堅定的雙眼，
就像太陽升上了天，
拿破崙同志！

汝為施予者，
使所有動物皆得愛，
一天飽腹兩餐，翻滾乾淨稻草之上；
獸類無論高壯或嬌小，

皆有欄舍安心睡覺，
汝看顧著一切都好，
拿破崙同志！

若吾得一小乳豬，
尚未長成大如父，
任其大如玻璃瓶或擀麵棍，
也應認真學習
對汝忠誠不變心，
誠然，他的第一聲啼叫應是
「拿破崙同志！」

拿破崙很欣賞這首詩，要求把詩謄寫在大穀倉正對著七誡的那面牆上，旁邊還畫了一幅拿破崙的側面畫像，是尖嗓拿白油漆畫上去的。

同時透過溫波的斡旋，拿破崙跟弗德烈克及皮金頓兩人一直在進行複雜的協商，那堆木材還沒賣掉。這兩人中，弗德烈克比較急著想把東西買到手，但是不願意出合理的價格；同時又出現了新的傳聞說弗德烈克跟他的手下正計畫要攻擊動物農莊並毀掉風車，因為他看到動物蓋起風車，眼紅得都快冒血了，而且據說雪球仍然藏匿在品園農莊。仲夏時，動物們聽說有三隻母雞出面投案，坦承自己受了雪球的鼓動而正在密謀殺掉拿破崙，引起一陣驚慌。三隻母雞馬上就被處決了，拿破崙身邊也啟動了更新的安全防護措施，晚上有四頭狗守在他床邊，各佔據一個角落，另外，一頭叫紅眼的年輕豬仔則負責在拿破崙吃東西之前都先嚐一口，確保食物沒有被下毒。

大約就在這個時候，傳出消息說拿破崙已經安排好要將木材賣給皮金頓先生，同時也要簽訂一份常態性合約，讓動物農莊和福森農莊交換特定產品。拿破崙和皮金頓之間的關係雖然只會透過溫波來聯繫，如今卻大致上相當友好，動物們並不信任皮金頓這個人類，但他們寧可跟皮金頓往來，也不願意跟讓他們感到既懼怕又厭惡的弗德烈克有交集。夏天還沒過去，風車已經接近完工了，而即將有敵人要發動狡詐攻擊的傳言也甚囂塵上。

謠傳弗德烈克打算要帶二十個配槍的人來對付他們，而且已經賄賂了地方法官和警察，這樣等他拿到動物農莊的地契之後，他們就不會過問。此外，品園農莊還傳出更可怕的故事，據說弗德烈克對自己的動物非常殘酷，他曾經活活鞭死一匹老馬、讓乳牛餓肚子、把一頭狗扔進火爐裡燒死，到了晚上還會在公雞後爪綁上碎刀片讓他們互鬥，藉此娛樂。動物們聽到他居然對他們的同志做出這些事情，憤怒得熱血沸騰，有時還會叫囂著要豬群讓他們一起出去攻擊品園農莊，把人類趕跑，讓那些動物自由。不過尖嗓建議他們不要衝動行事，要相信拿破崙同志的策略。

儘管如此，討厭弗德烈克的情緒持續高漲。某個週日早晨，拿破崙出現在穀倉裡，表示他從來沒有考慮過把那堆木材賣給弗德烈克，說是跟傳言中那種惡棍交易有損自己的尊嚴。鴿群仍然受命外出傳播反抗的訊息，不過他們被禁止落腳在福森農莊的範圍內，同時也得到命令，將先前的口號「人類該死」改成「弗德烈克該死」。到了夏末，動物們又發現了一樁雪球的詭計，小麥田裡長滿了雜草，他們發現雪球某一次偷偷潛入時把雜草的種子混入小麥種子裡。一隻公鵝涉入了這件陰謀，在他向尖嗓坦承罪行之後就立刻吞下有毒的顛茄果實自殺了。動物們現在才知道，儘管許多動物先前都這麼相信，不過雪球從來就沒有得過「一級動物英雄」殊榮，這只是他在牛舍之戰過後散布的傳言，而且雪球不僅沒有得到勳章，甚至還因為在戰役時表現懦弱而受到譴責。動物們聽到這個說法仍然有些吃驚，不過尖嗓很快就說服他們，讓他們認為是自己記錯了。

到了秋天，動物們歷經千辛萬苦、克服萬難，幾乎同一時間又要忙著收成農作物，風車還是完工了。他們還差安裝機械部件，而溫波正在協調購買，不過結構已經完成。動物們咬著牙忍受艱難，儘管他們毫無經驗也只能用最原始的方法工作，還遭遇了厄運及雪球的背叛，可是風車卻能在最後一天準時完成！動物們都累壞了，但充滿驕傲，繞著自己的傑作走了一圈又一圈。在他們的眼中，這座風車似乎比第一次蓋起來的還要更美麗，而且牆又比先前的厚了一倍，除非放炸藥，否則這一次什麼也推不倒這座風車！當他們想起自己如何辛勞費力、克服心灰意冷的念頭，以及當葉片轉動、發動機運轉起來之後，他們的生活會有多大的不同，一想到這些他們便忘記了疲累，繞著風車興奮地跳躍，發出勝利的叫喊。拿破崙一樣由他的狗及公雞陪伴，走過來視察完成的風車，他親自恭賀動物們的成就，然後宣布將這座風車命名為拿破崙風車。

兩天後，動物們被集合起來在穀倉進行特別會議，拿破崙宣布他已經將那堆木材賣給了弗德烈克，所有動物都驚訝得不知該作何感想。隔天，弗德烈克的馬車就會過來運走木材，這整段期間拿破崙一直假裝跟皮金頓友好，其實卻偷偷跟弗德烈克達成協議。

所有跟福森農莊的關係都結束了，侮辱的話語也轉而針對皮金頓。鴿子受命避開品園農莊，並且將「弗德烈克該死」這句口號改成「皮金頓該死」。同時，拿破崙也向動物們保證，有人類打算進攻動物農莊的傳聞完全不是真的，而那些弗德烈克對自家動物的殘酷行為也是過度誇大的故事，這一切謠言可能都是雪球和他的同夥傳出去的。如今看來，雪球根本就不是躲在品園農莊，他其實這一輩子都沒到過那裡，而是住在福森農莊，聽說日子過得還相當優渥，過去這幾年他其實一直都是拿皮金頓的錢辦事。

豬群一聽到拿破崙的高明妙計都歡欣狂喜，他假裝跟皮金頓保持友好，逼得弗德烈克把價錢提高了十二鎊。

不過尖嗓說拿破崙的頭腦還展現出最優秀的特質，也就是他誰都不信任，就連弗德烈克也一樣。弗德烈克想要用某個叫做支票的東西來買木材，看起來就只是在一張紙上寫了要付紙上價格的保證，但是拿破崙比弗德烈克想得還要聰明，要求以真正的五鎊紙鈔來付款，等他們付錢之後才能將木材運走。弗德烈克已經把錢付清了，而他所付的款項剛好足以購買風車的機械。

同時木材被運走的速度飛快，等木材全部送走之後，動物們又在穀倉裡舉行了一次特別會議，一起檢視弗德烈克的鈔票。拿破崙掛著安穩滿足的微笑，兩枚勳章都掛在身上，躺在平台上的稻草床上休息。他身旁那堆鈔票整齊排放在從農舍廚房拿來的瓷盤上，動物們列隊慢慢走過去盡情看個夠，然後拳師伸出鼻子嗅聞鈔票，薄薄的白紙隨著他的呼吸翻掀擾動。

三天後發生一場糟糕的騷動。溫波一臉慘白地騎著單車從路上急忙趕過來，一把將單車甩在庭院裡就直接衝進農舍，接下來從拿破崙的房間裡傳來令人窒息的怒吼。到底發生什麼事，消息很快就像野火般傳遍了農莊，那些鈔票是偽鈔！弗德烈克不花一毛錢就拿到了木材！

拿破崙馬上叫動物們集合，並且以可怕的聲音宣布對弗德烈克處以死刑，他說只要抓到弗德烈克，就要把他活活丟進大鍋裡煮。同時他也警告動物們，經過這次的背叛行徑，很可能會發生最糟糕的狀況，弗德烈克和他的手下可能隨時都會發動他們一直在計畫的攻擊。農莊的各個入口都安排了動物站崗，還派了四隻鴿子帶了和解訊息到福森農莊，希望能夠重建他們與皮金頓的良好關係。

隔天早晨攻擊就來了，動物們正在吃早餐的時候，哨兵跑過來報告弗德烈克和他的手下已經通過柵門。動物們相當大膽地衝向前迎戰，不過這一次不像牛舍之戰那樣能夠輕鬆獲勝。對方有十五人，帶了六、七把槍來，一走到距離五十碼內的範圍就開始開槍。動物們抵擋不了可怕的爆炸和子彈劃過的刺痛，雖然拿破崙和拳師努力讓動物排好陣型，但是很快就被打退了。有幾隻動物已經受了傷，於是躲進農莊的建築物裡，謹慎地從縫隙和孔洞中窺探外面。整片廣大的田地包括風車在內都已經落入敵人手中，當下就連拿破崙似乎都有些不知所措，他不發一語地走來走去，尾巴僵直而微微抖動，對著福森農莊的方向投以渴望的眼神，如果皮金頓和他的人可以來幫忙，這一天或許還能得勝。可是就在這個時候，前一天送出去的那四隻鴿子回來了，其中一隻帶著皮金頓的一張字條，上頭用鉛筆寫著：「活該」

同時間，弗德烈克和他的人手在風車附近停下來，動物們看著他們，紛紛發出了絕望的低喃，其中兩人拿出了撬棍和大鐵鎚，他們打算要拆掉風車。

「不可能！」拿破崙大叫，「我們把牆蓋得很厚，他們不可能打掉，花一個禮拜也拆不倒的。同志們，拿出勇氣！」

但是班傑明密切注意著那群人的一舉一動，拿著大鐵鎚和撬棍的那兩人在靠近風車底座的地方鑽出一個洞。班傑明散發出一種近乎是看好戲的態度，慢慢點了點自己長長的口鼻。

「我就知道。」他說，「你看不出來他們要做什麼嗎？等一下他們就會在那個洞裡放炸藥了。」

動物們既擔心又懼怕地等待著，現在已經不可能冒險離開屋舍的屏障。過了幾分鐘，他們看見那群人往四面八方跑開，接著就傳出轟然巨響，鴿群振翅飛到空中，所有動物都趴了下來，腹部貼在地板上且遮住了臉，只有拿破崙沒有這麼做。等他們再站起來，看見一團巨大的黑色煙霧懸浮在風車原本的位置，微風漸漸吹散煙霧，風車已經完全消失了！

看到此景，動物們的勇氣再次回到身上。這般邪惡卑鄙的行為讓他們燃起熊熊怒火，淹沒了稍前一刻所感覺到的恐懼與絕望。動物們發出渴望復仇的狂吼，不等進一步的命令便一起往前衝，直接撲向敵人。這一次，即使無情的子彈就像冰雹一樣掃射過來，他們也不卻步。這一仗打得血腥而殘酷，人類開了一槍又一槍，若動物們逼近時便舉起棍子揮舞、抬起靴子狠踢。一頭乳牛、三隻綿羊和兩隻鵝陣亡了，而且幾乎每隻動物都受了傷，就連處在後方指揮行動的拿破崙，尾巴頂端也被子彈擦傷。不過人類也沒能全身而退，拳師的馬蹄打破了三個人的頭，一個人的肚子被牛角戳得血流不止，另一個人的褲子則是幾乎被潔西和藍鈴撕爛了。拿破崙指示守衛自己的那九頭狗藉著樹籬的掩護繞路，然後突然出現在那群人側面惡狠狠地狂吠，他們就全慌了手腳，發現自己可能會陷入被包圍的困境。於是弗德烈克趁著出口還沒封死的時候對他的人大喊撤退，接下來怯懦的敵人便各自逃命去了。動物們追著他們直到田地盡頭，在他們努力從布滿荊棘的樹籬擠出去時還補上幾腳。

動物們贏了，卻也筋疲力盡、血流不止，他們慢慢拖著腳一步步走回農莊，看見死去的同志屍體癱躺在草地上，幾隻動物忍不住流下淚來。他們在風車曾經矗立的地方停下腳步，哀傷而沉默地站了好一會兒，是的，全都消失了，他們勞動過的最後一絲痕跡幾乎都消失了！就連基座也損壞了一部分。而且若要重建風車，他們也不能像之前那樣使用掉落的石頭，因為這次石頭也沒了，爆炸的威力將石頭拋到了幾百碼遠的地方，就像那裡從來就沒有風車一樣。

動物們走到農莊裡，在打鬥中莫名其妙就不見蹤影的尖嗓蹦蹦跳跳朝他們走來，搖著尾巴又掛著滿足的笑容，動物們聽見從農莊屋舍的方向傳來嚴肅的槍響聲。

「為什麼要鳴槍？」拳師說。

「慶祝我們的勝利呀！」尖嗓大喊起來。

「什麼勝利？」拳師說，他的膝蓋還流著血，丟失了一副馬蹄鐵，連馬蹄都裂開了，後腿上也挨了十幾記子彈。

「同志問什麼勝利？我們不是將敵人趕出領土，趕出動物農莊這塊神聖的領土了嗎？」

「但他們摧毀了風車，那是我們努力了兩年的成果！」

「有什麼關係？我們會再蓋一座風車，想要的話蓋六座也行。同志，對於我們偉大的成就你毫無感激之心，敵人曾經占領了我們所站著的這塊地方，如今多虧拿破崙同志的領導，我們又一吋一吋贏回了屬於我們的土地！」

「我們是贏回了先前所擁有的。」拳師說。

「那就是我們的勝利。」尖嗓說。

他們一跛一跛走進庭院裡，陷在拳師後腿皮膚底下的子彈時不時傳來刺痛。他已經看見眼前沉重的勞力負擔，得從基座開始重建風車，也已經想像著自己全心全意接受這份工作，不過他頭一回發現到，他已經十一歲了，而他發達的肌肉或許也沒有過去那麼強壯了。

不過當動物們看見綠色旗幟飄揚，聽見槍聲再次響鳴，總共開了七槍，又聽著拿破崙的演講，他祝賀動物們的行動成功，感覺上他們似乎確實是贏得了漂亮的勝利。他們為在戰鬥中被殺的動物舉行肅穆的喪禮，拳師和三葉拉著充作靈車的馬車，拿破崙則走在隊伍的前頭。他們整整慶賀了兩天，唱歌、聽演講，還鳴了更多次槍，每隻動物得到一顆蘋果做為特別的禮物，每隻鳥則分到兩盎司玉米，每隻狗得到三塊餅乾。他們聽到宣布，拿破崙將這場戰鬥命名為風車之戰，也設立了新的動章，稱為綠旗動章，他將這個動章頒給了自己。普天同慶的氛圍中，再也沒人記得偽鈔這起不幸事件了。

過了幾天，豬群在農舍的地窖裡找到了一桶威士忌，他們一開始占用農舍時並沒有注意到這桶酒。那天晚上，農舍裡傳來了大聲唱歌的聲音，讓動物們驚訝的是，歌聲裡還混雜了幾句〈英格蘭之獸〉的歌詞。大約晚上九點半的時候，有動物清楚看見拿破崙戴著瓊斯先生的老舊圓頂禮帽從後門走出來，繞著庭院大步跳躍，然後又消失在屋子裡。可是到了早上，農舍裡瀰漫著一股死寂的氣氛，似乎所有豬隻都是一動也不動。到了快九點鐘，尖嗓才出現，邁著緩慢而無力的步伐，雙眼無神，尾巴軟軟垂在身後，不管怎麼看都像是生了重病一樣。他呼喚動物們集合，說他要跟大家宣布一件糟糕的壞消息，拿破崙同志就要死了！

動物們發出悲傷的哭喊，他們在農舍門外鋪了稻草，走過時都踮起腳尖。動物們眼裡蓄著淚水，彼此問著若是領袖離開了他們該怎麼辦。開始有謠言傳出，雪球終究找到了辦法，在拿破崙的食物中下毒。十一點時，尖嗓走出農舍再次宣布，拿破崙同志在這世上所做的最後一件事便是頒布一條鄭重的命令：喝酒者將處以死刑。

但是到了晚上，拿破崙的情況似乎好轉了，隔天早上尖嗓更是告訴動物們，他正逐漸康復中。那天傍晚，拿破崙就回到工作崗位，隔天，動物們聽說他差遣溫波到威靈頓鎮上去買關於釀造與蒸餾的手冊。一個禮拜後，拿破崙下令將果園前方的一塊小田地翻整好，這塊地方本來是要預留做為動物退休後的休憩放牧地。原本是說這塊田地已經耗盡地力，需要重新播種，不過動物們很快就發現拿破崙打算在這裡種大麥。

大約就在這個時候還發生了一件奇怪的事情，幾乎沒有人知道到底怎麼回事。某天晚上大約十二點鐘的時候，庭院裡傳來巨大的撞擊聲，動物們都從自己的欄舍中衝出來打探情況，那天晚上的月光明亮，大穀倉裡寫著七誡的那面牆腳下倒著一把斷成兩截的梯子，尖嗓一時受了驚嚇趴在梯子旁邊，他手邊還有一盞燈籠、一支油漆刷以及一桶已經翻倒的白色油漆。狗群馬上團團包圍住尖嗓，一等他能夠走路了就護送他回農舍。動物們都想不通這到底代表了什麼，只有老班傑明上下晃了晃自己的口鼻，一副了然於心的樣子，他似乎懂了卻什麼都不說。

不過幾天後，木麗兒重新讀了一次七誡，注意到又有一條誡律是動物們記錯了，他們以為第五誡是「動物不可喝酒」，但是他們忘了還有兩個字，這條誡律其實是這麼寫的：「動物不可喝酒過量。」

THE DRINKING OF ALCOHOL WAS TO BE PUNISHED BY DEATH.

喝酒者將處以死刑。

第九章

拳師裂開的馬蹄要癒合得花很長一段時間。他們在慶祝完勝利後就馬上開始重建風車，拳師連一天也不肯休息，而且還不肯讓其他動物發現他在忍受痛苦，認為這麼做是一種榮譽。到了晚上，他會私底下跟三葉坦承，馬蹄的疼痛讓他非常困擾，三葉將藥草咀嚼之後做成藥膏敷在他的馬蹄上，而且她和班傑明也都勸拳師不要這麼努力工作，「馬的一口氣可不會長久」她這麼對他說。不過拳師聽不進去，他說自己只剩下一個真正的目標，那就是在他屆滿退休年齡之前看見風車能完工大半。

一開始制定動物農莊的法律時，規定馬和豬的退休年齡是十二歲，乳牛是十四歲，狗是九歲，綿羊是七歲，雞和鵝則是五歲，動物們都同意給予優渥的老年退休俸祿。目前為止還沒有動物真正能夠退休領俸，不過最近這個主題越來越常被提起。如今果園盡頭那塊小田地要保留來種大麥，聽說會另外將大田地的一角用圍籬圍起來，當成老年動物的退休休憩地。據說一匹馬的退休俸祿是一天五磅玉米，到了冬天是一天十五磅乾草，公共假日則會有一根紅蘿蔔也可能是蘋果。拳師明年夏末就要過十二歲生日了。

同時這段時間的生活很辛苦，冬天就像去年一樣那麼寒冷，但食物甚至更少。同樣地，所有動物的配給都減少了，不過豬群與狗群則除外，尖嗓解釋說若是太過堅持配給的公平就會違反動物主義的原則。無論如何，他毫不費力就能向其他動物證明，不管表面上看起來是什麼情況，他們的食物其實並沒有短少。就目前而言，他們認為確實有必要重新調整配給量（尖嗓總是說這是「重新調整」，絕對不會說是「減少」），但是比起瓊斯還在的日子，情況已經大有改進。他會以尖銳而快速的聲音唸出一連串數字，拿出詳細證據說明他們的燕麥、乾草、蕪菁等產量都比瓊斯還在的日子裡來得多。他們工作的時數更短、飲用水的品質更好、壽命更長、更多的年輕一代能夠活過嬰兒期，而且他們的欄舍裡鋪了更多稻草，也比較不受跳蚤的侵擾。動物相信了他說的每一句話。說實話，動物們幾乎都不記得瓊斯以及他所代表的一切了。他們知道眼下的日子很辛苦、很難熬，他們常常餓肚子、常常覺得冷，而且除了睡覺時間之外通常都是在工作。不過無庸置疑的是，過去的日子更難過，他們很樂意這麼相信。再說，以前他們是奴隸，現在他們是自由的，這是最大的不同之處，而尖嗓當然也不會忘了指出這點。

現在要餵飽的嘴又更多了。秋天裡，四頭母豬差不多在同一時間生產，一共生了三十一隻小豬，這群小豬身上都有花斑，而拿破崙又是農莊上唯一的公豬，很容易就能猜到誰是父親。後來便宣布等買到了磚頭和木材後，就會在農舍花園裡蓋一間教室。目前這群小豬由拿破崙在農舍廚房親自指導，他們在花園裡活動筋骨，同時被交代最好不要跟其他年輕動物一起玩。大約也是在這個時候頒布了一條規矩，說如果一頭豬和其他動物在路上相遇，其他動物就必須讓路，而且所有豬隻無論是什麼階級都得到特許，週日時可以在尾巴繫上綠色緞帶。

農莊這一年的收成相當不錯，不過還是缺錢，他們得買教室要用的磚塊、沙子和石灰，也必須開始存錢購買風車要用的機械零件，還有房舍要用的燈油及蠟燭、拿破崙餐桌上的糖（他禁止其他豬隻吃糖，理由是會讓他們肥胖）。另外則是日常要替換的用品，像是工具、釘子、線繩、煤炭、線圈、廢鐵和狗餅乾。他們賣掉了一堆乾草和一部分馬鈴薯收成，雞蛋的合約也增加為一週六百顆，因此母雞在這一年幾乎沒孵出多少小雞，也就無法維持與過去相同的雞群數量。配給在十二月已經減少，到二月又減了一次，走廊上為了省油也不准點燈。不過豬群的生活倒是相當舒適，真要說起來，他們其實還胖了不少。農舍廚房外不遠處有一間小小的釀酒室，瓊斯還在時就沒有使用了，而二月底的一天下午卻從中傳出一股溫暖、濃郁且誘人的香味，動物們從來沒有聞過這種味道，香味一路飄過了整片庭院。有動物說這是熬煮大麥的香味，動物們光聞到味道就餓了，想著這是不是為了晚餐準備的溫熱飼料泥。但是晚餐沒有熱呼呼的飼料泥，接下來的週日便宣布從現在開始所有大麥都要留給豬群。果園盡頭的田地已經種下大麥，很快就傳出消息說如今每頭豬每天都能配給到一品脫[8]啤酒，拿破崙則得到半加侖[9]，奉上啤酒給他時總是盛裝在皇冠德貝瓷湯碗裡。

不過即使要忍受艱苦的日子，也因為動物們現在的生活比起過去享有更多尊嚴，讓這份磨難抵銷了大半。現在有更多歌曲可唱、更多演講、更多遊行，拿破崙下令每週應該要舉行一次所謂「自發性遊行」的活動，目的是讚揚動物農莊所經歷的苦難與勝利。到了指定時間，動物們就要放下手邊的工作，以軍隊列隊的方式繞著農莊土地的範圍遊行，由豬群帶隊，依序是馬、乳牛、綿

8 編注：約五百毫升。

9 編注：約三公升。

羊，然後是雞群，狗群走在隊伍旁邊，最前面的則是拿破崙的黑公雞。拳師和三葉各自咬著一面綠色旗幟的一角展開來，旗幟上畫著獸蹄、獸角還有一句口號：「拿破崙同志萬歲！」接下來是朗誦為了頌揚拿破崙而寫的詩以及尖嗓的演講。尖嗓會發表各項食物生產的最新增長情況，有時還會加上一發槍響。綿羊是自發性遊行最死忠的擁護者，要是有動物抱怨（有時候如果豬或狗剛好不在附近，有些動物就會這樣）說這是浪費時間，或是他們還得在冷風裡站這麼久云云，綿羊一定會馬上嚷嚷喊起：「四隻腳就是好，兩隻腳就是壞！」不過普遍說來，動物們都很喜歡這些慶祝活動，畢竟能夠提醒他們是自己真正的主人，而且他們努力工作真的是為了自己好，想來就覺得安心不少。因此有了這些歌曲、活動、尖嗓唸出的一連串數字、槍響、公雞啼叫，還有旗幟飄揚，動物們就能夠忘記自己其實肚子空空如也，至少部分時間是如此。

四月時，動物農莊宣布成為共和國，於是需要選出一位總統。只有一位候選人，就是拿破崙，結果全體一致投票通過。同一天也傳出消息，他們又發現了新的文件，揭露出更多雪球與瓊斯同謀的細節。如今看來，雪球並不如動物們先前所想像的那樣，他不僅僅是企圖用計輸掉牛舍之戰，更是公然與瓊斯的人並肩作戰。事實上根本就是他帶領著人類發動攻擊，並且衝進戰場時嘴上還喊著：「人類萬歲！」有幾隻動物還記得雪球背上受的傷是被拿破崙的牙齒咬的。

夏天過了一半，烏鴉摩西消失了幾年之後突然出現在農莊裡。他並無太多改變，還是無所事事，像過去一樣絮絮叨叨談論著甜糖山。他會窩在一處樹樁上，拍拍自己的黑色翅膀，只要有聽眾他就能講上好幾個鐘頭。「在那上面，同志，」他的語氣肅穆，偌大的鳥喙指向天空，「在那上面，就是你能看到那片烏雲的背後，甜糖山就在那裡。我們這些可憐的動物一生勞動，最後就能在那片快樂的國度裡永遠休息！」他甚至聲稱自己有一次飛得比較高就飛到了那裡，看見那片連綿不絕的三葉草，還有樹籬上長出的亞麻籽餅和糖塊。許多動物都相信了他，他們思考著，如今的生活總是又餓又辛勞，那麼不就應該要存在一個更好的世界才對、才公平嗎？只是豬群對摩西的態度就比較難判斷了，他們輕蔑地說那些甜糖山的故事都是謊言，但是卻又容許他繼續待在農莊裡，不必工作，每天還能喝到四分之一品脫的啤酒。

拳師的蹄傷癒合之後，他工作得比過去更加賣力。那一年所有動物確實都像奴隸一樣辛苦勞動，除了農莊裡的日常工作外還要重建風車，同時也得為小豬仔蓋教室，好趕上三月開學。有時候在食物不足的情況下還要長時間工作實在很難捱，但拳師的心志從未動搖，無論是他的話語或行動都從來沒有表現出自己的體力不如以往的跡象，只能從他的外表看出一點改變，他的皮毛不像過去那樣閃亮，強壯的後腿似乎也萎縮了一些。其他動物說：「等春天的青草長出來，拳師的狀態就會恢復了。」但是春天的青草長出來了，拳師卻也沒長肉。有時他走在通往採石場頂端的斜坡上，繃緊了肌肉與巨大石塊的重量對抗，感覺只剩想繼續向前的意志支撐著他的腳前進。這時其他動物還能看見他的嘴唇似乎在說：「我會更努力工作。」他已經發不出聲音來了。三葉和班傑明又再一次警告他要注意自己的健康，然而拳師並不在意。他的十二歲生日就要到了，但不管發生什麼事，他只希望在退休以前能夠收集到足夠的石塊。

到了夏天的某個深夜，農莊裡突然傳出消息說拳師出事了，他獨自出去拖著一堆石塊到風車建地，顯然這傳言是真的，幾分鐘後兩隻鴿子急急忙忙帶著消息飛來：「拳師倒下了！他側躺在地上爬不起來了！」

農莊裡大概有一半的動物衝到要蓋風車的那處土丘上，拳師就倒在那裡，躺在馬車兩邊把手之間，脖子伸得長長的，甚至連頭都抬不起來了。他的眼睛淚光閃閃，身上布滿汗水，血順著嘴邊流出一道細長的痕跡。三葉雙膝跪倒在他身邊。

「拳師！」她叫著，「你怎麼了？」

「是我的肺，」拳師的聲音氣若游絲，「不要緊，我想你們沒有我也能夠完成風車，已經收集了相當多石頭，反正我也只剩一個月就要退休了。老實說，我一直很期待退休生活。班傑明也已經老了，希望他們會讓他同時退休，跟我作伴。」

「我們得馬上找幫手來，」三葉說，「誰跑快點，去告訴尖嗓發生了什麼事。」

其他動物馬上衝回農舍向尖嗓報告消息，只有三葉留了下來。班傑明也躺在拳師身邊，一句話也不說，只用自己長長的尾巴趕走蒼蠅。過了大約十五分鐘後，尖嗓出現了，滿臉的同情與擔憂。他說拿破崙同志已經知道消息並且對於農莊上最為忠誠的勞動者發生這種不幸深感苦惱，他已經著手安排要送拳師到威靈頓的醫院接受治療。動物們聽了覺得有些不安，除了莫莉和雪球，從來沒有其他動物離開過農莊，他們也不喜歡聽到要將生病的同志交到人類手中。但是尖嗓毫不費力就說服了他們，比起讓拳師留在農莊裡接受照料，讓威靈頓的獸醫來治療會更有效。過了大約半小時，拳師似乎恢復了精神，他艱難地站了起來，總算能夠一拐一拐走回自己的馬廄，三葉和班傑明已經幫他準備好舒適的稻草床。

接下來兩天，拳師都待在自己的馬廄裡，豬群送來一大瓶粉紅色的藥水。那是他們在浴室的藥櫃裡找到的，三葉讓拳師每日兩次在飯後服用，到了晚上，她會躺在他的馬廄裡跟他說話，班傑明則在一旁趕走蒼蠅。拳師坦承自己對於發生的事情並不悔恨，如果他能好好康復，或許還能再活三年。他很期待能在大片田地的角落過上平靜的生活，這是他有生以來第一次有餘裕學習，讓頭腦更精進。他說，他打算把餘生都用來學習剩下的二十二個字母。

但是班傑明和三葉只有工作時間結束後才能陪伴拳師。然而，那天日正當中開來了一輛貨車要把拳師帶走。所有動物們在一頭豬的監督之下正忙著為蕪菁除雜草，驚訝地看見班傑明從農舍的方向一跳一躍而來，扯開喉嚨大聲嘶叫。這是他們第一次見到班傑明這麼激動，說起來也是第一次見到他這樣又跳又跑。「快點，快點！」他大叫著，「馬上過來，他們要帶走拳師了！」動物們也不等豬群下令，隨即放下工作衝回農莊屋舍。果然庭院裡有一輛由兩匹馬拉著的大貨車，車上的貨櫃已經關上門，貨櫃側面寫著字。車伕的位子上坐著一個相貌狡猾的男人，戴著一頂帽沿低垂的圓頂禮帽。拳師的馬廄已經空了。

動物們圍在貨車旁邊，「拳師再見！」他們齊聲叫喊，「再見！」

「笨蛋！笨蛋！」班傑明大叫，在他們旁邊蹦蹦跳跳，小小的驢蹄用力跺在地上，「笨蛋！難道你們沒看到貨車旁邊寫著什麼嗎？」

動物們聽到便停了下來，默不作聲。木麗兒開始拼出字句，但班傑明一把將她推開，在一片死寂中唸道：

「『艾弗列．西蒙茲，威靈頓專營屠馬、製膠、皮革及動物骨飼料販售、馬廄供應商』，你們還不明白這是怎麼一回事嗎？他們要把拳師載去屠馬場！」

所有動物爆出恐懼的叫聲，此時站在貨車上的男人揮鞭打了自己的馬，貨車以輕快的步伐離開庭院。動物們全都跟在後面放聲大叫，三葉推開其他動物衝到前面。貨車開始加速，三葉努力邁開自己粗壯的腿快步躍進，終於慢跑了起來，「拳師！」她大叫著，「拳師！拳師！拳師！」就在這個時候，拳師彷彿聽見了外頭的騷動，他那張鼻子上依然有一道白條紋的臉，探出貨車後方的小窗戶。

「拳師！」三葉淒厲呼喊，「拳師！快逃！快點逃走！他們要送你去死！」

所有動物都跟著大喊：「快逃，拳師，快逃！」但是貨車的速度越來越快，離他們也越來越遠，也不知道拳師有沒有聽懂三葉所說的。但過了一下子，他的臉從窗戶消失，然後貨車裡傳來馬蹄劇烈猛踢的聲響，他正努力想踢破貨櫃逃出來。若是在過去，拳師只需要舉起馬蹄踢幾下就能將貨櫃踢個粉碎，唉！但是如今他已經沒有力氣，過了一會兒，馬蹄踢敲的聲音就越來越小，最終消弭。動物們在絕望之餘只能開始向拉著貨車的兩匹馬懇求，希望他們停下，「同志，同志！」他們喊著，「別帶著你們自己的兄弟去送死！」但是這兩匹畜生實在愚蠢，渾然不知眼前發生的事情，只是將耳朵往後壓還加快了腳步。拳師的臉再也沒有出現在小窗前。太遲了，有動物想到可以快步衝到前頭把柵門關起來，但是下一刻貨車已經通過大門，立即消失在道路盡頭。他們再也沒看到拳師。

三天後便宣布了消息，雖然拳師已經接受所有可得的照顧，但還是死在威靈頓的醫院裡。是尖嗓來向其他動物宣布這個消息的，他說自己在拳師臨終前就陪著他。

「那是我見過最感人的情景！」尖嗓抬起前蹄抹去一滴眼淚，「我陪在他的床邊直到最後一刻，到了生命的終點。他幾乎已經沒有力氣說話，但還是在我耳邊輕聲說自己唯一的遺憾就是在風車完成之前就走了，『向前進，同志們！』他輕聲說，『以反抗之名向前進，動物農莊萬歲！拿破崙同志萬歲！拿破崙永遠是對的。』這就是他最後的遺言，同志們。」

說到這裡，尖嗓的態度突然變了，沉默了好一會兒，小小的眼睛左右飄移，投射出疑心重重的眼光，然後才繼續說話。

他說，他聽說在拳師離開的時候農莊裡傳出了愚蠢而邪惡的謠言，有些動物注意到將拳師帶走的貨櫃上有「屠馬場」的標誌，竟然還真的下了定論，認為拳師要被送去屠馬場，簡直令人不敢置信，怎麼會有動物這麼蠢。尖嗓一邊搖著尾巴、跳來跳去，一邊憤憤叫嚷說道，你們當然明白親愛的領袖拿破崙同志不會這麼過分吧？其實解釋起來非常簡單，那個貨櫃先前是屠馬場的財產，被獸醫買走了，只是還沒把舊的名字漆掉罷了，於是才有這樣的誤會。

動物們聽到這番話都大大鬆了一口氣，尖嗓又進一步活靈活現敘述拳師臨死之前的情狀，拳師受到了如何值得讚賞的照顧，而拿破崙連想都沒多想就掏錢為他購買昂貴的藥物，於是動物們最後一點疑心都消失了，想到至少同志死得安詳，他們的悲傷也就有了慰藉。

拿破崙親自出席接下來的週日早晨會議，並發表了簡短的演說表揚拳師。他說，他們沒辦法帶回已逝同志的遺體安葬在農莊裡，不過他已經下令要用農莊花園裡的月桂葉編織成大花圈，送去放在拳師的墓上，而且豬群打算再過幾天要為紀念拳師舉辦宴會。拿破崙的演說最後提醒所有動物拳師最喜歡的兩句格言：「我會更努力工作」還有「拿破崙永遠是對的」他說，每一隻動物都應該將這兩句話當成自己的格言。

預定要舉辦宴會的當天，雜貨商的貨車從威靈頓駛來，送了一個大木箱到農舍裡。那天晚上傳來震耳欲聾的歌唱聲，接著爆出一陣激烈的爭吵聲，最後大約在十一點鐘，發出玻璃碎裂的巨大聲響。隔天一直到中午前，農舍裡毫無動靜。消息傳了開來，豬群不知道從哪裡得到了一筆錢，為自己又買了一箱威士忌。

"I WILL WORK HARDER" AND "COMRADE NAPOLEON IS ALWAYS RIGHT"

「我會更努力工作」還有「拿破崙同志永遠是對的」

第十章

過了多年，季節更迭，動物短暫的生命消逝如斯。如今除了三葉、班傑明、烏鴉摩西和幾頭豬，已經沒有多少動物還記得反抗之前那段舊時光了。

木麗兒已經死了，藍鈴、潔西和夾夾也死了。瓊斯也死了，他死在英格蘭另一個地區的酗酒者照護之家。沒有動物記得雪球，他們也忘了拳師，只有幾個認識他的動物還記得。三葉現在已經是一匹垂垂老矣的肥胖母馬，關節僵硬、雙眼總是朦朧混濁，她已經超過退休年齡兩年了。但其實沒有動物真正退休，關於要在田地一角闢設留給年邁動物的地方，這話也老早就沒有動物再提起。拿破崙現在已經是重達二十四英石[10]的年長公豬，尖嗓也胖得不得了，就連眼睛要看東西都很吃力。只有老班傑明還是跟過去差不多，只是他的口鼻處又更灰白了一點，而在拳師過世後，他比以前更加憂鬱沉默。

現在農莊裡多了更多動物，只是增加的數量並不如早年所預期的那麼多。許多出生在農莊裡的動物，父母輩對反抗只剩下模糊的記憶，僅靠著口傳將故事流傳下去，從外面買回來的動物，則是從來沒聽說過這件事情。農莊現在除了三葉之外還有三匹馬，他們既乖巧又強壯，是工作賣力又服從的好同志，但非常愚蠢，沒有一匹馬能夠學會字母A和B以外的東西。他們全盤接受其他動

10 譯注：約一百五十公斤。

物告訴他們有關反抗和動物主義原則的事情，尤其是三葉說的話，他們幾乎把她當成自己的母親一樣敬重，至於到底有沒有完全理解就值得懷疑了。

農莊現在更繁榮也更有條理，甚至還跟皮金頓先生買了兩塊田地擴張出去。風車終於順利完成了，另外農莊還買了脫粒機和乾草升運機，並且多蓋了不少新房舍。溫波也幫自己買了一架輕型馬車。但是風車終究沒有用來發電，而是用來輾磨玉米，帶來相當可觀的金錢收入。動物努力工作要再建造一座風車，說是等這座風車完工後就會裝上發電機。不過再也沒有動物提起過去雪球曾讓動物們夢想著的奢華享受，包括有電燈的欄舍、冷暖水還有一週工作三天等等。拿破崙譴責這樣的想法，認為這違反了動物主義的精神，他說真正的幸福就是努力工作、節儉度日。

不知為何，雖然農莊變得興盛，但動物們似乎沒有比較富裕，當然只有豬群和狗群除外。或許一部分原因是豬和狗的數量相當龐大，也不是說這些動物都不工作，他們也是按照自己的方式工作。尖嗓總是不厭其煩向其他動物解釋，要監督、組織農莊裡一切事務總有做不完的工作，不過其他動物也很無知，無法完全了解這些工作是怎麼回事。例如尖嗓告訴他們，豬群每天都要耗費大量勞力來處理名叫「檔案」、「報告」、「紀錄」和「備忘錄」等神祕的東西，這些是大面積的紙張，必須密密麻麻覆蓋上書寫字跡，等到整張寫滿以後就要丟進火爐裡燒掉。為了農莊的福祉，這是至關重要的工作，尖嗓說道。但話說回來，無論是豬是狗，他們都沒有靠自己的勞力生產過食物，然而他們的數量又很多而且胃口總是很好。

至於其他動物的生活，從他們眼裡看來一如既往，大多數時間都餓著肚子、睡在稻草上、喝水池裡的水、在田地裡勞動。到了冬天要忍受難捱的寒冷，夏日則是蒼蠅煩擾。有時候年紀較長的動物會爬梳自己模糊的記憶，試著回想反抗初期那段才剛趕跑瓊斯的時候，日子究竟是比現在更好或者更糟。他們想不起來，沒有什麼能夠拿來跟現在的生活比較，除了尖嗓口中的一串串數據，他們就無所依據，而且那些數據總是展現出一切都是越來越好的跡象。動物們發現問題沒辦法解決，不過反正他們現在也沒什麼時間思考這些事情。只有老班傑明坦白說自己記得這漫漫一生中的每一項細節，他知道生活從來就沒有、未來也不可能變得更好或更差，據他所言，飢餓、艱辛和失望一直都是生命中不可改變的法則。

但是動物們從來沒有放棄希望，而且對於身為動物農莊的一員，他們也從未失去自己的榮譽感和優越感，一刻也沒有。他們仍然是國內唯一由動物擁有且獨立營運的農莊，在全英格蘭皆然！每一隻動物，即使是最年幼的動物，或是從十哩、二十哩以外的農莊帶來的動物，都一直讚嘆這項成就。當他們聽見鳴槍，看見綠色旗幟在旗桿上飄揚，談話內容總會轉向過去光榮的日子，驅趕瓊斯、寫下七誡，還有那些打敗了人類入侵者的戰役。這些舊時的夢想未遭揚棄，他們仍然相信老少校曾經預言的那個動物共和國，相信有一天英格蘭的青草地上將不再遭受人類踩踏。總有一天會成真，可能不會很快，可能不會在如今還活著的動物的有生之年，但是總有一天會成真。或許在什麼地方還有動物偷偷哼著〈英格蘭之獸〉的旋律，無論如何，農莊上所有動物確實都會唱，只是沒有人敢大聲唱出來。動物們的生活或許艱辛，或許不是所有盼望都會成真，但是他們知道自己跟其他動物不一樣。如果他們挨餓，並不是因為他們的食物被用來餵飽殘暴的人類，就算他們得努力工作，至少是為了自己。他們之中沒有用兩隻腳走路的動物，沒有動物要稱其他動物為「主人」，所有動物皆平等。

初夏時分的某一天，尖嗓要綿羊跟他走，並帶他們到農莊另一頭的荒廢土地，這塊土地上已經長滿了樺樹樹苗。綿羊一整天都待在那裡，在尖嗓的監督下嚼食那些樹葉。到了傍晚，尖嗓逕自回去農舍，不過因為天氣暖和，他便交代綿羊留在原地。結果綿羊在那裡待了整整一個禮拜，在此期間其他動物都沒見到他們。一整天大部分時間都是尖嗓跟綿羊在一起，他說自己是在教他們唱一首新歌，所以需要隱私。

綿羊回來後的隔天傍晚氣候宜人，動物們才剛結束工作要走回農莊欄舍，卻聽見庭院傳來一匹馬驚懼的嘶叫聲，動物們嚇得停下腳步。那是三葉的聲音，她又嘶叫了一聲，所有動物都邁開大步奔跑到庭院，然後他們看見了三葉看見的景象。

那是一頭豬站了起來用後腳走路。

沒錯，是尖嗓，樣子有點笨拙，似乎還不太習慣用這種姿勢支撐起自己龐大的身軀，不過全身的平衡相當穩定，他正漫步走過庭院。過了一下子，長長一排豬群走出農舍的門口，都是用後腳走路。有些走得比其他豬隻穩，有一兩隻還走得不太穩，看上去似乎需要拿根拐杖來支撐，不過每一頭豬都順利繞著庭院走了一圈。最後傳出狗群可怕的低吼聲還有黑公雞尖銳的啼叫，拿破崙走了出來，身體挺得又正又直，眼中閃著高傲的神色左右巡望，狗群在他身邊又蹦又跳。

他的豬蹄拿著一根鞭子。

動物們一片靜默，既驚奇又懼怕。他們靠在一起看著那長長一排豬群緩步繞著庭院走，整個世界彷彿天翻地覆。過了一會兒，初見到的驚嚇已經平撫，動物們突然覺得，儘管他們懼怕狗，又長年養成了不管發生什麼事也不抱怨、不批評的習慣，然而這次總該表達一兩句抗議。正在此時，所有綿羊似乎是接收到了信號，齊聲爆出響亮的咩咩聲喊著：

「四隻腳就是好，兩隻腳又更好！四隻腳就是好，兩隻腳又更好！四隻腳就是好，兩隻腳又更好！」

他們就這樣不間斷喊了五分鐘。等到綿羊安靜下來，能夠發聲抗議的好時機也過去了，因為豬群都已經走回農舍裡。

班傑明感覺肩膀上有個鼻子輕輕蹭著他，轉過頭看是三葉，她年邁的雙眼看起來更混濁了。她沒多說話，只是輕輕拉著他的鬃毛，帶他走到大穀倉的一頭，也就是寫著七誡的地方。他們在那裡站了一、兩分鐘，看著塗了焦油的牆上用白漆寫著的大字。

「我的眼睛不行了，」她終於開口，「就算是我還年輕的時候也讀不懂寫在那裡的字，但就我看起來，牆面已經不一樣了。班傑明，七誡還是跟以前一樣嗎？」

這一次，班傑明總算答應打破自己的規矩，幫她唸出了牆上所寫的字。現在牆上就只寫著一條誡律，別無其他，寫著：

所有動物皆平等
但某些動物比其他動物更平等

到了隔天，動物們看見豬群監督農莊工作時豬蹄都拿著鞭子，以及知道豬群幫自己買了無線電，打算要安裝電話，而且訂閱刊載諷刺故事的《約翰牛》雜誌、趣味新聞《摘錄》雜誌和《每日鏡報》，已經不覺得奇怪。動物們也看見拿破崙在農舍花園裡漫步，嘴裡還叼著菸斗，甚至看見豬群從衣櫃裡拿出瓊斯先生的衣服穿上，拿破崙穿著黑外套、燈籠馬褲和長皮靴，他最喜愛的母豬則穿著瓊斯太太以前週日才會穿上的波浪紋絲綢洋裝，對於這些也都不足為奇了。

一週後的某日下午，幾輛輕便馬車駛進農莊。豬群邀請附近幾位農夫做為代表前來參觀，他們逛了整片農莊，對所見到的一切表達出諸多讚美，尤其是風車。動物們正在蕪菁田除雜草，他們認真工作，幾乎沒抬起頭來，不知道到底該害怕豬群還是那群人類訪客。

那天晚上農舍裡傳來吵鬧的笑聲，不時還爆出歌聲。聽到這些混雜在一起的聲音，動物們突然充滿好奇，這是動物和人類第一次以平等的身分見面，那裡面到底發生了什麼？於是他們動作一致，開始盡可能躡手躡腳地溜進農舍花園。

他們在門口停下腳步，一半是害怕而不敢再前進，不過三葉還是領著大家進去。他們踮著腳尖靠近農舍，夠高的動物從飯廳的窗戶偷看裡面。六、七個農夫和六、七隻比較有管理權力的豬圍著長桌而坐，拿破崙則坐在長桌一端的主位。豬群坐在各自的椅子上看起來舒服自在，一夥正在玩紙牌，不過現在暫停了遊戲，顯然是為了敬酒。桌上輪流傳著一大壺酒，酒杯裡都倒滿了啤酒，誰也沒注意到在窗外往裡面盯著的動物們臉上那好奇的神情。

福森農莊的皮金頓先生站了起來，手裡拿著酒杯，過了一下子才開口說要請在場的同伴一起敬酒，不過在敬酒之前他覺得自己有責任要說幾句話。

他說自己感到無比滿足，而且肯定在場的同伴也有同感。皮金頓先生覺得長久以來的猜忌和誤解終於要告一段落了。他說曾經有段時間，不過當然了，他和現場的每一位同伴自然沒有這麼想過，但是曾經有段時間，附近的人類看待動物農莊這群尊貴的主人時，不能說是心懷敵意，但或許持有一定程度的疑慮。他們覺得有這麼一座由豬群擁有並營運的農莊存在似乎不太正常，可能會對附近造成混亂。有太多農夫根本沒有仔細查證就已經認定，這樣的農莊裡一定是瀰漫著恣意妄為而不受管束的風氣。他們原本很擔心會帶給自家動物甚至是人類員工不良影響，不過如今這些疑慮都煙消雲散了。今日他和朋友們造訪動物農莊，親眼見識到這裡的每一吋土地，他們看見了什麼？這裡不僅實施最先進的方法，而且井然有序、一板一眼，應當做為各地所有農夫的典範。他相信他這麼說應該沒錯，動物農莊裡比較低階的動物跟郡裡的其他動物比起來，工作更多、食物更少，他和其他訪客今天確實看到了許多特色，打算回到自己的農莊也要馬上實行。

皮金頓先生在致詞最後再次強調，動物農莊與其鄰居之間一直維持著友善的關係，也應該繼續維持，豬和人類之間並不存在、也不需要存在任何的利益衝突，他們有共同的困難與障礙，畢竟勞力的問題不是每個地方都有嗎？講到這裡，他顯然就要對同伴拋出什麼精心準備好的聰明話，但是一時似乎太過開心，說不出話來。

他掐著喉嚨咳了良久，此時肥厚的下巴都變成紫色了，終於才能夠開口，他說：「你們有低下動物要對付，我們也有低下階級要照顧！」這句箴言妙語把整桌子逗得哄然大笑。皮金頓先生又再一次恭賀豬群的成就，能夠以少量的配給換來漫長的工時，而且他在動物農莊上也沒看到動物太受縱容的景象。

終於，他說他要請在座的同伴都起身，確認杯子都斟滿了。「先生們，」皮金頓總結道，「先生們，我們舉杯致敬，敬動物農莊繁榮昌盛！」

餐桌上爆出了熱烈的歡呼和跺腳慶賀，拿破崙甚至高興到起身離開座位，繞著餐桌走到皮金頓先生身邊與他碰杯後才一飲而盡。等歡呼聲漸漸平息，拿破崙仍然站著，暗示他也有幾句話要說。

拿破崙發表的一席話就像他所有的演說一樣，簡短而直陳重點。他說，他也很高興那段充滿誤解的日子已經結束了，長久以來一直謠言不斷，說他和他的同僚未來可能要做出什麼顛覆世道，甚至是革命性的事情來，指稱他們企圖煽動鄰近農莊的動物們起身反抗，他合理認為是某個邪惡的敵人所傳出的，這完全不是事實！他們從過去一直到現在，唯一的願望就是與鄰居和平共處，進行正常的商業來往。又補充說，他有幸能夠治理的這座農莊是合作企業，手上所握有的地契也是由所有豬群共同擁有。

他說，他不認為農莊裡還有動物像過去那樣抱有疑心，但是最近農莊的常規做了一些改變，應該能夠有效凝聚大家的信心。目前農莊裡的動物還保留著一項相當愚蠢的習慣，稱呼彼此為「同志」，不能再這樣下去了。還有一項非常奇怪、不知道從什麼時候開始的傳統，就是每個週日早上要列隊遊行，經過一副釘在花園柱子上的公豬頭骨，這也必須停止了，而那副頭骨已經埋了起來。另外，訪客們不知是否看見旗桿上飄揚的綠色旗幟，如果有，大概也注意到，旗幟上先前畫著的白色蹄與角已經抹除了，從現在開始那就只是一面綠色的旗幟。

拿破崙表示，他對皮金頓先生精彩而友善的演講只有一點批評，皮金頓先生從頭到尾都稱這裡是「動物農莊」，不過這當然是因為他還不知道，畢竟拿破崙這才是第一次宣布。「動物農莊」這個名稱要廢除了，從今往後，這座農場就要稱為「曼諾農莊」，他相信這才是最正確、最原本名稱。

「先生們，」拿破崙總結道，「我要請你們像之前一樣舉杯敬酒，但是以不同的形式。把酒斟到最滿，先生們，我要敬酒了：敬曼諾農莊繁榮昌盛！」

餐桌上的歡呼聲像先前一樣熱烈，酒杯空到只剩殘跡。不過外頭的動物盯著這情景，似乎感覺到發生了什麼奇怪的事，那群豬的臉是不是有點改變了？三葉睜著年老而混濁的眼睛從這張臉望向另一張臉，有些掛著五層下巴，有些是四層，也有些三層，不過好像有什麼在融化、在變化？接著鼓掌的聲音慢慢消失了，餐桌上的夥伴們拿起紙牌繼續先前被打斷的遊戲，動物們則靜靜溜走。

不過他們還走不到二十碼遠就突然停下腳步，因為農舍裡傳來震耳的吵鬧聲響。他們又衝回窗外觀望，沒錯，裡頭正吵得不可開交，呼來喝去、碰碰敲打著餐桌，夥伴間互相投以強烈懷疑的眼神還有激烈的否認。看起來麻煩的開端就是拿破崙和皮金頓先生同時都打出了一張黑桃Ａ。

十二個聲音憤怒地互相叫喊，聽起來都很像。如今也不必懷疑那群豬的臉發生了什麼事，外面的動物一下看著豬又看著人，一下看著人又看著豬，再從豬看向人，只是他們已經分不出誰是誰了。

ALL ANIMALS
ARE EQUAL
BUT
SOME ANIMALS
ARE
MORE EQUAL
THAN
OTHERS

所有動物皆平等
但某些動物比其他動物更平等

New Black 032
動物農莊（歐威爾冥誕 75 週年初版封面復刻重繪版）
Animal Farm

作　　者｜喬治·歐威爾（George Orwell）　譯　　者｜徐立妍

堡壘文化有限公司
總 編 輯｜簡欣彥　副總編輯｜簡伯儒
責任編輯｜曹雅晴　行銷企劃｜倪玼瑜 許凱棣 曹雅晴
封面設計｜傅文豪　內頁設計｜IAT-HUÂN TIUNN

出　　版｜堡壘文化有限公司
發　　行｜遠足文化事業股份有限公司（讀書共和國出版集團）
地　　址｜231 新北市新店區民權路 108-3 號 8 樓
電　　話｜02-22181417　傳　　真｜02-22188057
E m a i l｜service@bookrep.com.tw
郵撥帳號｜19504465 遠足文化事業股份有限公司
法律顧問｜華洋法律事務所　蘇文生律師
印　　製｜呈靖彩藝有限公司　初版 1 刷｜2025 年 01 月
定　　價｜新臺幣 319 元
I S B N｜（平裝）978-626-7506-44-8　（PDF）978-626-7506-41-7
（EPUB）978-626-7506-40-0

國家圖書館出版品預行編目 (CIP) 資料

動物農莊 / 喬治 . 歐威爾 (George Orwell) 著 ; 徐立妍譯 . -- 初版 . -- 新北市 : 堡壘文化有限公司出版 : 遠足文化事業股份有限公司發行 , 2025.01

面 ; 公分 . -- (New black ; 32)

譯自 : Animal farm

ISBN 978-626-7506-44-8(平裝)

873.57 113019215